Le Sursis, tome 1
LE DOSSIER

La petite musique de Gibrat

Dessinateur hors pair, coloriste de talent, Jean-Pierre Gibrat propose pour la première fois une histoire dont il est aussi le scénariste. Pour un coup d'essai, c'est un coup de maître. Une totale réussite. On connaissait le dessinateur séduisant, notamment par ses femmes de papier à l'éclatante beauté, on découvre ici un véritable auteur : une histoire d'une limpide richesse, une petite musique qui n'appartient qu'à lui, des textes vrais comme la vie, sensibles et drôles, profonds et émouvants. Avec *Le Sursis* (récit composé en deux tomes, dont voici le premier), Jean-Pierre Gibrat se hisse d'emblée parmi les grands auteurs de bande dessinée.

Page précédente : Cécile Cadrieux. L'amour de Julien. Projet de couverture pour le tome 2, finalement non retenu par l'auteur.

Ci-contre : Basile Cormier. Farouchement opposé à Vichy et à ses sbires. L'esprit vif et la réplique cinglante. (Portrait inédit.)

Page suivante : Angèle Fourcadelle. Institutrice et tante de Julien. Esprit pratique et généreux. (Portrait inédit.)

Ci-dessous : Julien Sarlat. L'homme caché. (Page 16, case 2.)

Basile : "On dit déjà que la milice a les mains sales, alors je ne suis pas sûr qu'elle ait le cul propre !"

"La première fois que j'ai pensé à cette histoire, c'était il y a dix ans. J'avais envie de raconter la vie d'un village de l'Aveyron sous l'Occupation, à travers les yeux d'un jeune homme qui ne veut pas partir en Allemagne et qui revient au village se planquer. Qu'est-ce que j'aurais fait à cette époque-là ? Difficile de l'imaginer... Julien, le jeune homme en question, n'est ni collabo ni résistant. Au fond, il me ressemble beaucoup : assez lucide pour trouver horrible tout ce qui se passe, mais assez lâche aussi pour ne pas monter au créneau. L'écriture est donc venue d'une envie et d'une question. L'envie de sonder la psychologie d'un personnage qui remet toute sa vie en cause par une décision soudaine, irréfléchie; la question de savoir quelle aurait été mon attitude dans des circonstances similaires. *Le Sursis* est aujourd'hui ma façon, sincère, d'assouvir cette envie et de répondre à cette question."

"Petit à petit, l'histoire s'est construite à partir d'ambiances, de décors, de lieux qui me sont chers, là-bas dans l'Aveyron. Ensuite, les années trente et quarante dégagent à mes yeux beaucoup de charme. Les Traction, les pantalons de golf, ces longues vestes au col fourré qu'on appelle canadiennes, les caractères humains, tout prend davantage de relief dans ces années-là. À cette attirance qui n'est bien sûr que graphique, s'est ajouté mon désir de rendre hommage à ma famille, de lui restituer un peu de sa mémoire. De ces temps-là, davantage que de l'époque contemporaine, j'ai une vision très lyrique, très romanesque qui me donne envie de dessiner."

L'Aveyron, pays d'enfance

"Le village du *Sursis* est à la limite du Lot et de l'Aveyron, entre Figeac, Cahors et Villefranche-du-Rouergue. Cette région était assez tranquille pendant la guerre, dans les villages en tout cas. Sous l'Occupation, les citadins ont vraiment souffert de privations; à la campagne, ils n'avaient ni sucre ni café, mais ils avaient encore des poulets, des œufs, et se débrouillaient comme ils pouvaient."

"Dans les années soixante, j'ai passé toute ma jeunesse dans l'Aveyron avec des grands-parents adorables. J'ai l'impression d'être assez proche de l'état d'esprit des gens de là-bas. Cette région me correspond beaucoup plus que celle où je vis maintenant depuis quinze ans. Je la trouve très belle avec ses vallées, ses murets de pierres... Ma famille y vit depuis longtemps, mon père y a, comme Julien, passé une année pendant la guerre, mais ça fait quand même deux ou trois générations que les Gibrat sont obligés de gagner leur vie ailleurs."

"Ce village de Cambeyrac est composé d'éléments disparates. Les uns appartiennent au village de mes vacances enfantines, les autres sont inspirés d'autres lieux de la région, ou imaginés purement et simplement. Parfois, je regrette d'avoir pris le parti de créer un village de toutes pièces, une espèce de village-type, sans défauts. En fait, j'ai voulu faire plus vrai que nature, mais c'était sans doute une erreur : il vaut mieux compter avec les défauts du réel."

"Pour la chronologie, j'ai été très attentif à ne pas raconter d'âneries sur l'époque : les allusions à Laval se réfèrent à un discours qu'il a vraiment prononcé à ce moment-là. Mais je ne me classe pas pour autant parmi les auteurs réalistes. Même si j'ai le souci de restituer les choses avec fidélité, je préfère les interpréter, tenter d'en exprimer la quintessence."

Angèle : "Mon pauvre Julien, j'ai une mauvaise nouvelle pour toi... Tu n'es plus de ce monde."

Page suivante :
Paul Monpazier.
Médecin au caractère réservé, sans fantaisie apparente.
(Portrait inédit.)

Ci-contre :
Édouard Bouyssoux.
Garagiste, brave homme, courageux et borné.
(Portrait inédit.)

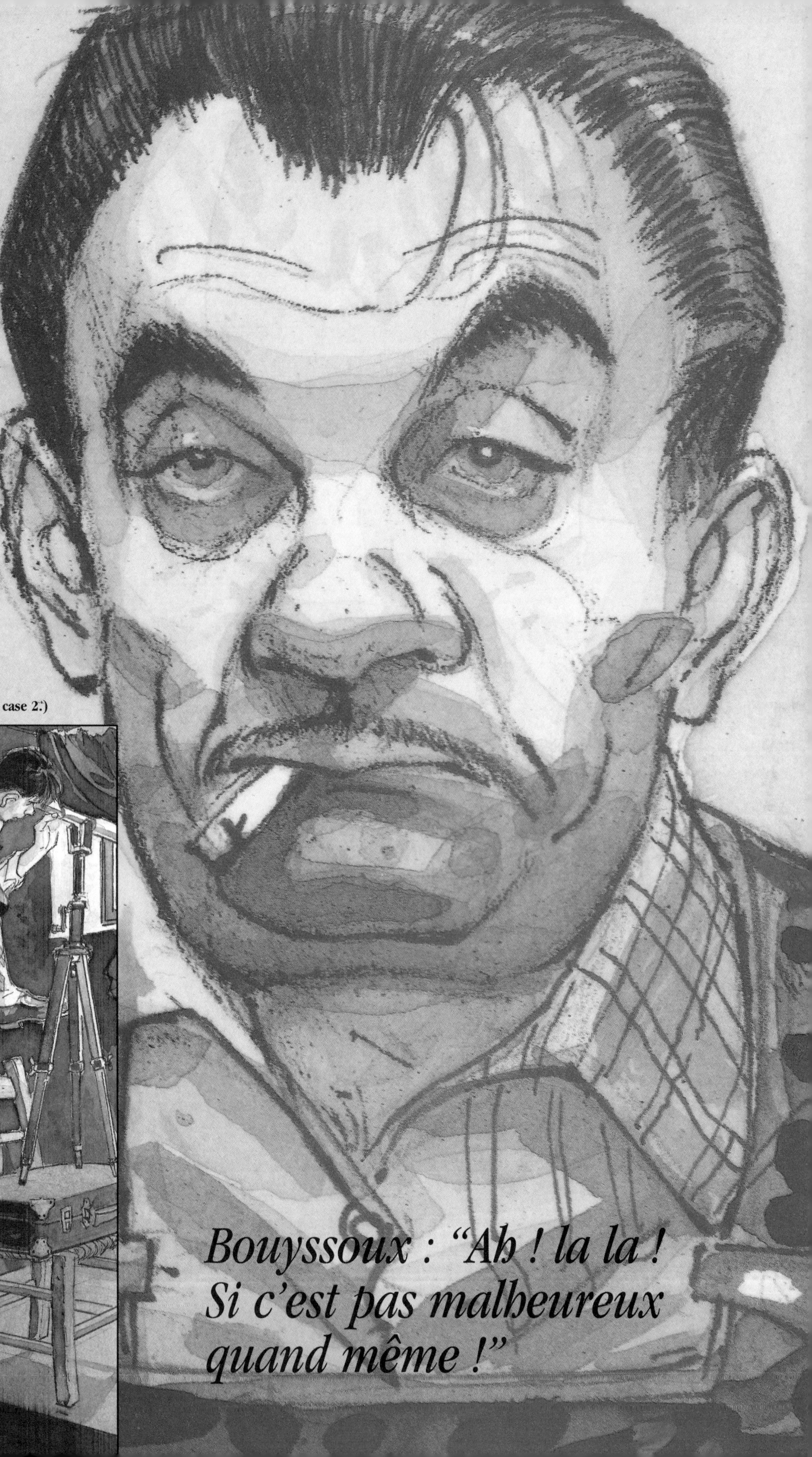

Ci-dessous : Julien. (Page 29, case 2.)

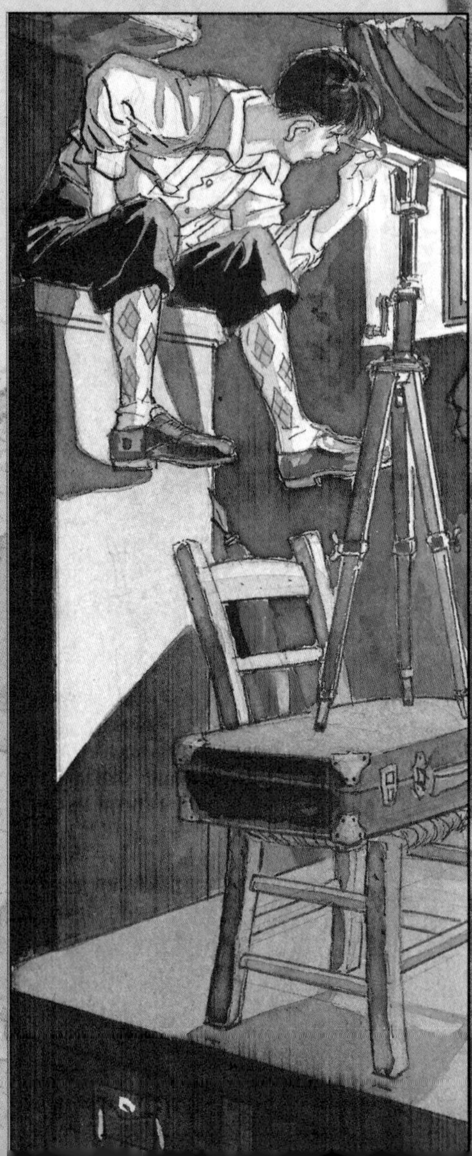

Bouyssoux : “Ah ! la la ! Si c’est pas malheureux quand même !”

Une jeunesse de guerre

"En construisant le personnage de Julien, j'ai soudain réalisé que les gens qui ont décidé de se mettre en marge pendant la guerre ne savaient pas pour combien de temps, ni comment cela se terminerait. C'est quelque chose qu'on a du mal à imaginer aujourd'hui. Un cousin de mon père a été caché par sa mère dans une petite ferme isolée. C'était un point de départ possible pour mon histoire, mais j'ai préféré camoufler Julien au milieu du bourg, faire de sa lucarne un lieu privilégié d'observation de la vie de ses habitants. Le village, alors, se voit comme une scène de théâtre."

"Etait-il fréquent de se planquer ainsi ? J'ai l'impression qu'en 1943, un type sur trois ou quatre se mettait délibérément dans cette situation. Le nombre de jeunes qui ont dû sauter du train pour ne pas aller en Allemagne était important, mais un quart d'entre eux tout au plus devait rejoindre la Résistance. Et ceux qui gagnaient ses rangs ne se sont pas forcément engagés pour précipiter la fin de la guerre : certains l'ont fait parce qu'ils n'avaient pas le choix."

"Julien s'installe en fait dans le provisoire : il a sauté d'un train en partance pour l'Allemagne, s'est fait voler ses papiers et passe pour mort. Le fait que les Allemands ne le recherchent pas, et pour cause, m'a donné un certain confort de narration, m'a permis de prendre le temps de raconter les saisons, les mois, les jours, de donner au *Sursis* le ton d'une chronique, plutôt que celui d'un récit de guerre."

Des personnages de chair et d'encre

"Ma préoccupation première, c'est que les lecteurs croient profondément aux personnages, et mon plus grand plaisir a été d'essayer de les faire vivre le mieux possible dans leurs différentes personnalités, dans les relations qu'ils entretiennent entre eux, de les typer par le dialogue. Par souci d'authenticité, je me suis inspiré d'un copain pour le personnage de Julien : il a une bonne tête, graphiquement intéressante. Bien que j'essaie, à chaque fois, de ne pas dessiner la même femme, en partant de photos, de visages qui m'émeuvent, j'arrive toujours au même personnage. C'est quelque chose qui m'échappe. C'est le cas pour Cécile, malgré de nombreux essais. Pour les autres, j'ai surtout cherché à créer des têtes crédibles. Par exemple, pour le garagiste Bouyssoux, je suis parti d'une photo de Jean Carmet aperçue dans je ne sais quel magazine – comme tout dessinateur, je feuillette absolument tout ce qui me tombe sous la main. Pour les costumes, je me suis appuyé sur des documents d'époque, des bouquins de photos de Doisneau, des livres d'histoire ou des films documentaires sur la Libération. Mais pour moi, les photos, c'est encore ce qu'il y a de mieux."

En position couchée

"Écrire l'histoire du *Sursis* a été un plaisir de modéliste, une espèce de jeu de construction que j'ai trouvé facile, alors que c'était ma première expérience de scénariste. J'espère que les lecteurs partageront mon plaisir. J'ai écrit cette histoire allongé sur mon lit, même en pleine journée, avec pour seul environnement sonore les *Nocturnes* de Chopin. La mélancolie de cette musique correspond à quelque chose de profond pour moi, et crée une atmosphère propice à l'écriture. Mais aussitôt que je

Paul : "Il faut l'emmener à Villefranche pour qu'on s'occupe d'elle."

Page suivante :
Serge Cadrieux. Cousin de Cécile. Brutal et sanguin. Fier d'avoir été le premier (et le seul) du village à s'engager dans la milice.
Cette tête de méchant, jugée trop caricaturale, n'a pas été retenue par l'auteur.
(Portrait inédit.)

Ci-contre :
Fernand Monpazier. Père de Paul et patron du café des Tilleuls. Jovial et tout en rondeurs.
Ne fait pas de politique, mais n'en pense pas moins.
(Portrait inédit.)

Dernière page :
le village de Cambeyrac en juin 1943.
(Page 19, case 1.)

Ci-dessous : Julien. (Page 26, case 7.)

Fernand : “Un jour sur deux sans alcool et tous les jours sans politique, c'est la devise de la maison !”

trouvais une idée qui me faisait marrer, je téléphonais à un copain pour la lui raconter."

"Même si je me suis bien amusé, *Le Sursis* n'est pas une histoire humoristique. Ce n'est pas un album grave non plus : finalement, il y a eu moins de suicides pendant la guerre qu'avant et après. Sans doute parce que tout le monde était malheureux en même temps, partageait les mêmes catastrophes, portait sa part du fardeau."

"Dès les premières planches, j'ai eu l'ambition de dessiner mieux que tout ce que j'avais réalisé jusque là, ce qui était un peu paralysant. Je voulais tellement bien faire que j'avais moins de culot, et plus de stress. J'étais animé des meilleures intentions du monde, mais au début j'avais le sentiment que je n'y arriverais jamais. Maintenant que le premier album est terminé, je me suis en quelque sorte décomplexé : j'en vois les défauts, mais je sais qu'au moment où j'ai dessiné chaque case, chaque planche, je ne pouvais pas faire mieux. Je pense de toute façon que les lecteurs sont plus sensibles à l'émotion qu'on tente de leur donner qu'à la beauté d'un dessin académique. Ainsi, pour mes personnages, j'essaie avant tout de les faire jouer juste, sans chercher l'effet : faire le malin, c'est pire que tout."

Recréer une époque

"On a tellement vu de films sur cette période que j'étais très attentif à ne pas tomber dans les clichés du genre, sans toutefois chercher l'originalité à tout prix. La plupart des lecteurs de bandes dessinées n'ont pas vécu l'Occupation, mais disposent de toutes les références cinématographiques nécessaires. Il faut donc correspondre un minimum à cette mémoire imaginaire, et rester crédible sans jamais verser dans les lieux communs.

Au départ, j'avais envie de traiter cette histoire en sépia, mais le procédé devient vite systématique et présente plus d'inconvénients que d'avantages. Restrictive pour les ambiances de neige ou d'été, la sépia fait aussi trop référence à nos souvenirs, recréés ou non, qui sont monochromes, alors que les contemporains ont quand même vécu cette période en couleurs ! C'était finalement plus juste pour moi de réaliser *Le Sursis* en quadrichromie, même si l'omniprésence des bruns reflète sans doute l'influence de la documentation."

La quarantaine critique

"L'envie d'être seul maître à bord du *Sursis* est née de la remise en question qui intervient souvent à quarante ans : j'ai eu le sentiment qu'il ne fallait plus que je perde de temps, qu'il fallait que je me jette à l'eau du scénario. Au départ, ce récit en deux volumes a été dicté par une ambition de dessinateur, plus que de scénariste : je trouvais que je critiquais sévèrement le travail des autres, sans avoir rien fait qui méritait d'être un peu respecté. Pour parler comme un sportif, je ne courais pas pour la gagne, alors que j'avais l'impression que je pouvais faire encore mieux. Je voulais vraiment "mouiller le maillot" sur un scénario qui me fasse envie, mais je me suis peu à peu rendu compte que l'écriture devenait beaucoup plus qu'un prétexte à dessiner. D'ailleurs, je n'aurais pas pu me motiver à ce point pour le dessin si je ne m'étais pas totalement impliqué dans l'histoire. En dessin, on n'est jamais proche de la berge. Mais avec l'écriture, je ne ressens pas, pour le moment, cette difficulté. Je n'ai aucune "souffrance" à écrire. Au contraire, c'est un vrai bonheur."

Serge : "La chasse au lapin fermée jusqu'à nouvel ordre, tu vas voir que bientôt on n'aura plus le droit de chasser les youpins !"

Un surprenant destin

Mort. Tranquille. Peinard. Derrière les volets clos de son pigeonnier, Julien assiste à son propre enterrement d'un œil goguenard. Mais que faire lorsqu'on est obligé de se cacher ? Rien d'autre que respirer l'air de la nuit, loin des regards, ou bien écouter les conversations du café des Tilleuls. Et contempler Cécile. Cécile, l'amour de Julien, qui sert en terrasse. Cécile à qui il ne peut parler, Cécile qu'il ne peut toucher. Tranquille, peinard ? Rien n'est moins sûr. En ce mois de juin 1943, à Cambeyrac, petit village aveyronnais, le calme n'est qu'apparence, la douceur de vivre qu'illusion. La milice du maréchal Pétain, fraîchement créée, compte déjà un membre parmi les Cambeyraciens et les colonnes de blindés allemands ne vont pas tarder à apparaître...

Conception graphique et mise en pages : Yves Amateis.

AIRE LIBRE

LE SURSIS 1

DANS LA MÊME COLLECTION

BERTHET
Halona

BERTHET - TOME
Sur la route de Selma

BINSFELD - PLANQUE
Jimena

BOILET - PEETERS
Demi-tour

CONRAD
Le piège malais (tomes 1 et 2)

COSEY
Le voyage en Italie (tomes 1 et 2)
Orchidea
Saigon-Hanoi
Joyeux Noël, May!

DETHOREY
L'exécution

DETHOREY - LE TENDRE
L'oiseau noir

FRANK - BONIFAY
Zoo (tome 1)

GIBRAT
Le sursis (tome 1)

GILLON - LAPIÈRE
La dernière des salles obscures (tome 1)

GRIFFO - DUFAUX
Monsieur Noir (tomes 1 et 2)

GRIFFO - VAN HAMME
S.O.S. Bonheur (tomes 1, 2 et 3)

HAUSMAN - DUBOIS
La forteresse de pierre
Le crépuscule des elfes

HAUSMAN - YANN
Les trois cheveux blancs

HERMANN
Missié Vandisandi
Sarajevo-Tango

LAX
Sarane

LAX - BERTOIS
Soleil cou coupé

LAX - GIROUD
Les oubliés d'Annam (tomes 1 et 2)
La fille aux ibis

MAKYO
Le cœur en Islande (tome 1)

MARVANO
Les sept nains

MARVANO - HALDEMAN
La guerre éternelle (tomes 1, 2 et 3)

SERVAIS
Lova (tomes 1 et 2)

STASSEN
Louis le Portugais

STASSEN - LAPIÈRE
Le bar du vieux Français (tomes 1 et 2)

WILL - DESBERG
Le jardin des désirs
La 27e lettre

Maquette de la collection : Yves Amateis.

Dépôt légal : octobre 1997 — D.1997/0089/132
ISBN 2-8001-2325-7— ISSN 0774-5702

Imprimé en Belgique par Proost/Fleurus.

AIRE LIBRE

GIBRAT

LE SURSIS 1

Tous mes remerciements au colonel François, du maquis de Teullières,
à Céline, Alexis et Eric, du Front de Libération du Clos-de-Chaumont,
au capitaine Bernard, envoyé spécial de Londres pour la mission
"Sursis", à Monsieur Jean Baôu, du réseau Saint-André,
au commandant Pascal, du maquis Lintas, au lieutenant Uriel,
et surtout à ma femme Claudine qui m'a soutenu
pendant ces trois années d'occupation à ma table à dessin.

J.-P. G.

DU MÊME AUTEUR

Dans la série **Goudard et la Parisienne**,
aux **Editions du Square** :
Dossier Goudard
aux **Editions Audie** :
C'est bien du Goudard
aux **Editions Dargaud** :
Visions futées
La Parisienne
Goudard et la Parisienne
Goudard a de la chance
... Goudard et la Parisienne!
(scénarios de Jackie Berroyer)

Aux **Editions Bayard Presse**,
dans la série **Médecins sans frontières** :
Missions en Afrique
(scénario de Guy Vidal)
Missions au Guatemala
(scénario de Dominique Leguyer)
Missions en Thaïlande

Aux **Editions Albin Michel** :
Pinocchia
(scénario de Francis Leroi)

Aux **Editions Dargaud**,
dans la collection **Long Courrier** :
Marée basse
(scénario de Daniel Pecqueur)

Aux **Editions Syros**,
dans la collection **J'accuse** :
Ciudad Guatemala
(illustrations sur un texte de Louis Aubert)
Drogue : aux deux bouts de la chaîne
*(illustrations sur un texte de
Marie-Agnès Combesque)*

Aux **Editions Dupuis**,
dans la collection **Aire Libre** :
Le Sursis (tome 1)

CROULiii
CROULiii
CROULiii

CROULIII
CROULIII
CROULIII
CROULIII
EH BEN !...
J'ESPÈRE QU'IL A LE BON DIEU SUR LE PORTE-BAGAGES !...
PARCE QU'IL N'AMUSE PAS LE TERRAIN !
... REMARQUE, À DEUX SUR UN VÉLO, ON PREND FACILEMENT DE LA VITESSE !
EN ATTENDANT, ELLE VA EN FAIRE UNE TÊTE, ANGÈLE !
ANGÈLE, C'EST MA TANTE ... C'EST MÊME BIEN DAVANTAGE. ELLE M'A ÉLEVÉ.

AUTANT DIRE QUE J'AI EU L'OCCASION DE LUI DONNER QUELQUES SOUCIS.
ET J'AI COMME L'IMPRESSION QUE CE N'EST PAS FINI.
QUAND JE PARTAIS PÊCHER L'ÉCREVISSE À LA LAMPE, ELLE SE FAISAIT DÉJÀ UN SANG D'ENCRE !...
MA PAUVRE ANGÈLE !...
JE SENS QUE TU VAS REGRETTER LE TEMPS OÙ TU REDOUTAIS LA VISITE DU GARDE-PÊCHE ...
CAR AUJOURD'HUI, C'EST LA MILICE ET LES GENDARMES QUI SONT À MES TROUSSES !
AH, T'ES LÀ, PÉPÈRE !

MAIS OUI, T'ES BEAU, MON PÉPÈRE !
OUI, OUI, T'ES BEAU. ALLEZ, LAISSE-MOI DORMIR, MAINTENANT.
ÇA FAIT DEUX JOURS ET DEUX NUITS QUE JE MARCHE. ALORS, SI TU VEUX BIEN, ON JOUERA DEMAIN.
ÇA, PAR EXEMPLE ! JULIEN !... MAIS PAR OÙ ES-TU ENTRÉ ?
PAR LA FENÊTRE !
PAR LA FENÊTRE ? QUELLE IDÉE !
JE NE VOULAIS PAS TE RÉVEILLER.
C'EST GENTIL, MAIS CE N'EST PAS RAISON-NABLE. TU AURAIS PU TE TUER !
C'EST TOI QUI N'ES PAS RAISONNABLE DE DORMIR LA FENÊTRE OUVERTE.
N'IMPORTE QUI PEUT ENTRER.
J'AI PÉPÈRE, QUAND MÊME !
TU PARLES !
SI JE NE LUI AVAIS PAS MARCHÉ SUR LA QUEUE, IL DORMIRAIT ENCORE, TON PÉPÈRE !
LE PAUVRE ! C'EST VRAI QU'IL N'EST PLUS TOUT JEUNE.
IL PERD UN PEU LE NORD, C'EST COMME MOI, TIENS !
J'ÉTAIS PERSUADÉE QUE C'ÉTAIT HIER QUE TU PARTAIS POUR L'ALLEMAGNE. TU N'AS PAS DÉJEUNÉ, BIEN SÛR !

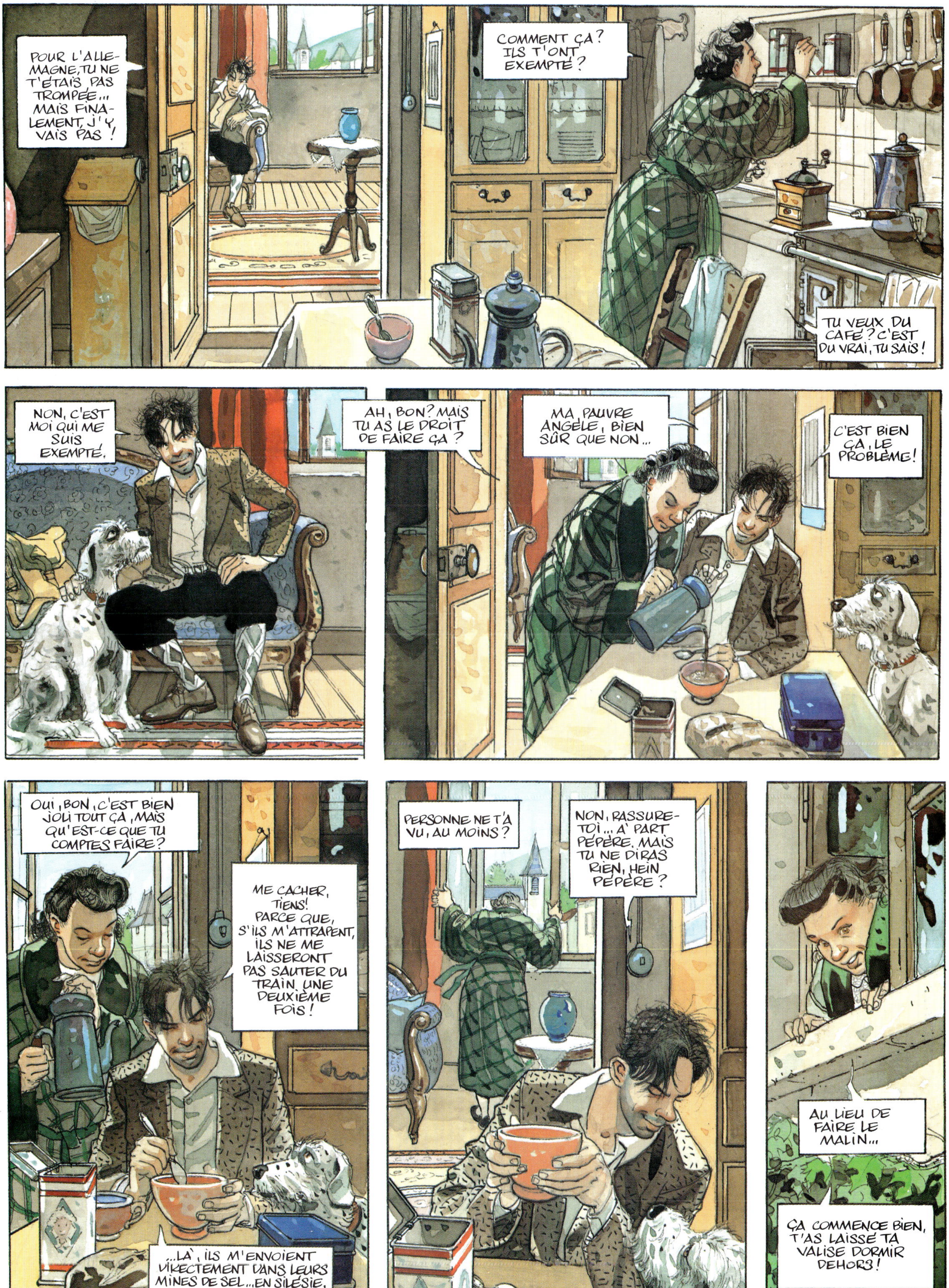
POUR L'ALLEMAGNE, TU NE T'ÉTAIS PAS TROMPÉE... MAIS FINALEMENT, J'Y VAIS PAS !
COMMENT ÇA ? ILS T'ONT EXEMPTÉ ?
TU VEUX DU CAFÉ ? C'EST DU VRAI, TU SAIS !
NON, C'EST MOI QUI ME SUIS EXEMPTÉ.
AH, BON ? MAIS TU AS LE DROIT DE FAIRE ÇA ?
MA PAUVRE ANGÈLE, BIEN SÛR QUE NON...
C'EST BIEN ÇA, LE PROBLÈME !
OUI, BON, C'EST BIEN JOLI TOUT ÇA, MAIS QU'EST-CE QUE TU COMPTES FAIRE ?
ME CACHER, TIENS ! PARCE QUE, S'ILS M'ATTRAPENT, ILS NE ME LAISSERONT PAS SAUTER DU TRAIN UNE DEUXIÈME FOIS !
...LÀ, ILS M'ENVOIENT DIRECTEMENT DANS LEURS MINES DE SEL... EN SILÉSIE.
PERSONNE NE T'A VU, AU MOINS ?
NON, RASSURE-TOI... À PART PÉPÈRE. MAIS TU NE DIRAS RIEN, HEIN PÉPÈRE ?
AU LIEU DE FAIRE LE MALIN...
ÇA COMMENCE BIEN, T'AS LAISSÉ TA VALISE DORMIR DEHORS !

DIMANCHE 27 JUIN 1943. ANGÈLE S'APPRÊTE À ALLER PRIER POUR MOI À LA MESSE DE ONZE HEURES.
...JE NE TE DEMANDE PAS DE M'ACCOMPAGNER !?
POUR UNE FOIS QUE J'AI UNE BONNE EXCUSE !...
QUAND MÊME, TU AURAIS PU TE TUER EN SAUTANT DE CE TRAIN !...
...T'AS PAS VU MON CHAPEAU ?
À PROPOS...
C'EST SÛREMENT À CE MOMENT-LÀ QUE J'AI DÛ PERDRE MES PAPIERS.
AH, PARCE QU'EN PLUS, T'AS PERDU TES PAPIERS ?!
AU POINT OÙ J'EN SUIS, TU SAIS, C'EST PAS LE PLUS GRAVE.
AH ! LE VOILÀ !
...OUI, EN TOUT CAS, TU NE PEUX PAS RESTER LÀ. C'EST TROP RISQUÉ.
TU COMPRENDS BIEN QUE LES GENDARMES VONT COMMENCER PAR VENIR TE CHERCHER ICI.
ICI PEUT-ÊTRE, MAIS PAS CHEZ GÉRARD.
GÉRARD, MON COUSIN ?
MAIS OUI... LA FERME EST ISOLÉE.
AH, PARCE QUE TU CROIS QU'ILS NE PENSERONT PAS À ALLER FOUINER CHEZ GÉRARD ?! ILS SONT LOURDAUDS, MAIS TOUT DE MÊME !...
...TIENS, LAISSE-MOI PASSER, JE SUIS DÉJÀ EN RETARD.

IL N'EST PAS MÉCHANT, VOTRE CHIEN, AU MOINS ?
VOUS ÊTES BIEN ANGÈLE FOURCADELLE ?
OUI, C'EST MOI-MÊME. POURQUOI? IL EST ARRIVÉ QUELQUE CHOSE ?
JE VOUS APPORTE UNE MAUVAISE NOUVELLE... VOTRE NEVEU...
MON DIEU ! QU'EST-CE QU'IL A ENCORE FAIT ?
AH, LES VACHES !
ILS SONT DÉJÀ LÀ, CEUX-LÀ !
VOILÀ... C'EST ASSEZ DÉLICAT... VOUS SAVEZ QU'IL ÉTAIT REQUIS POUR LE SERVICE DU TRAVAIL EN ALLEMAGNE...
VOUS ME L'APPRENEZ, MONSIEUR...
ILS VONT FOUILLER LA MAISON, C'EST SÛR!
...DÉSOLÉ, MADAME FOURCADELLE. VOUS SAVEZ, C'EST LE GENRE DE MISSION DONT ON SE PASSERAIT VOLONTIERS.
ENFIN... VOILÀ DÉJÀ SES PAPIERS.
QUELLE HISTOIRE! QUELLE HISTOIRE!
JULIEN?

JULIEN ?
TU PEUX SORTIR, MAINTENANT !...
OÙ EST-IL PASSÉ, L'ANIMAL ?
AH... D'ACCORD !
QU'EST-CE QU'ILS VOULAIENT ? ILS SONT DÉJÀ PARTIS ?!
EH BIEN... ILS M'ONT RAPPORTÉ TES PAPIERS !
AH, TU VOIS, J'ÉTAIS SÛR DE LES AVOIR PERDUS EN SAUTANT DU TRAIN !
MON PAUVRE JULIEN, J'AI UNE MAUVAISE NOUVELLE POUR TOI...
TU N'ES PLUS DE CE MONDE !
OUI, FIGURE-TOI QUE LE TRAIN QUI T'EMMENAIT EN ALLEMAGNE A ÉTÉ BOMBARDÉ...
...ET ON A RETROUVÉ TON PORTEFEUILLE SUR L'UNE DES VICTIMES !
QUAND MÊME, PAUVRE GARÇON... ÇA NE LUI A PAS PORTÉ CHANCE DE TE VOLER TES PAPIERS !
ET TOI, ON PEUT DIRE QUE TU AS EU LE NEZ CREUX ! TU TE RENDS COMPTE ? SI TU ÉTAIS RESTÉ DANS LE TRAIN... OH ! MON DIEU, MON DIEU !
ÉCOUTE, ANGÈLE, N'Y PENSE PLUS, TOUT VA BIEN...
...ET FILE MAINTENANT, TU VAS RATER LA MESSE !

À LA MESSE, CE MATIN, JE PENSAIS À UNE CHOSE... SI ON EN PARLAIT À MONSIEUR LE CURÉ?
POUR QU'IL ME CACHE DANS SON CLOCHER ? C'EST UNE IDÉE.
T'ES BÊTE !
J'AI TROUVÉ MIEUX ! POURQUOI PAS CHEZ THOMASSIN ?
THOMASSIN ? L'INSTITUTEUR ? T'ES COMPLÈTEMENT FOU ! LA MAISON EST SOUS SCELLÉS !
JUSTEMENT, C'EST LA PLANQUE IDÉALE. PERSONNE N'AURA L'IDÉE D'Y CHERCHER QUELQU'UN !
ON VA LA VISITER ?
MAINTENANT ?
DIS-MOI, POURQUOI ILS L'ONT ARRÊTÉ, MONSIEUR THOMASSIN ? IL ÉTAIT JUIF ?
NON, COMMUNISTE...
MAIS JE CROIS QU'IL ÉTAIT JUIF AUSSI.
ALORS, ON N'EST PAS PRÈS DE LE REVOIR !
AU FAIT, COMMENT COMPTES-TU ENTRER CHEZ LUI ?
FAIS BIEN ATTENTION, JULIEN !
JE N'EN AI PAS POUR LONGTEMPS. RESTE LÀ, ET PASSE-MOI LA LAMPE.

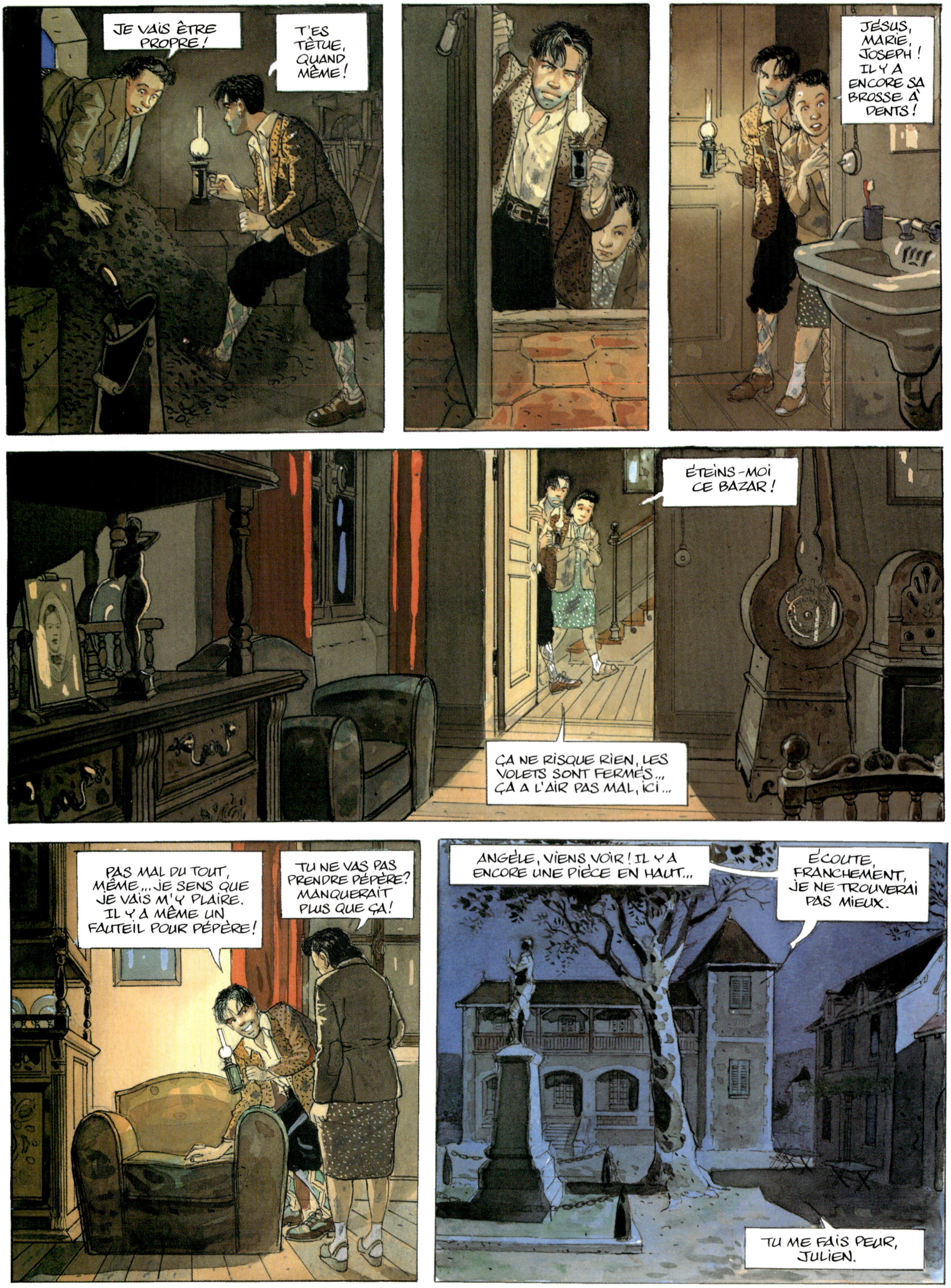
JE VAIS ÊTRE PROPRE !
T'ES TÊTUE, QUAND MÊME !
JÉSUS, MARIE, JOSEPH ! IL Y A ENCORE SA BROSSE À DENTS !
ÉTEINS-MOI CE BAZAR !
ÇA NE RISQUE RIEN, LES VOLETS SONT FERMÉS... ÇA A L'AIR PAS MAL, ICI...
PAS MAL DU TOUT, MÊME... JE SENS QUE JE VAIS M'Y PLAIRE. IL Y A MÊME UN FAUTEIL POUR PÉPÈRE !
TU NE VAS PAS PRENDRE PÉPÈRE? MANQUERAIT PLUS QUE ÇA !
ANGÈLE, VIENS VOIR ! IL Y A ENCORE UNE PIÈCE EN HAUT...
ÉCOUTE, FRANCHEMENT, JE NE TROUVERAI PAS MIEUX.
TU ME FAIS PEUR, JULIEN.

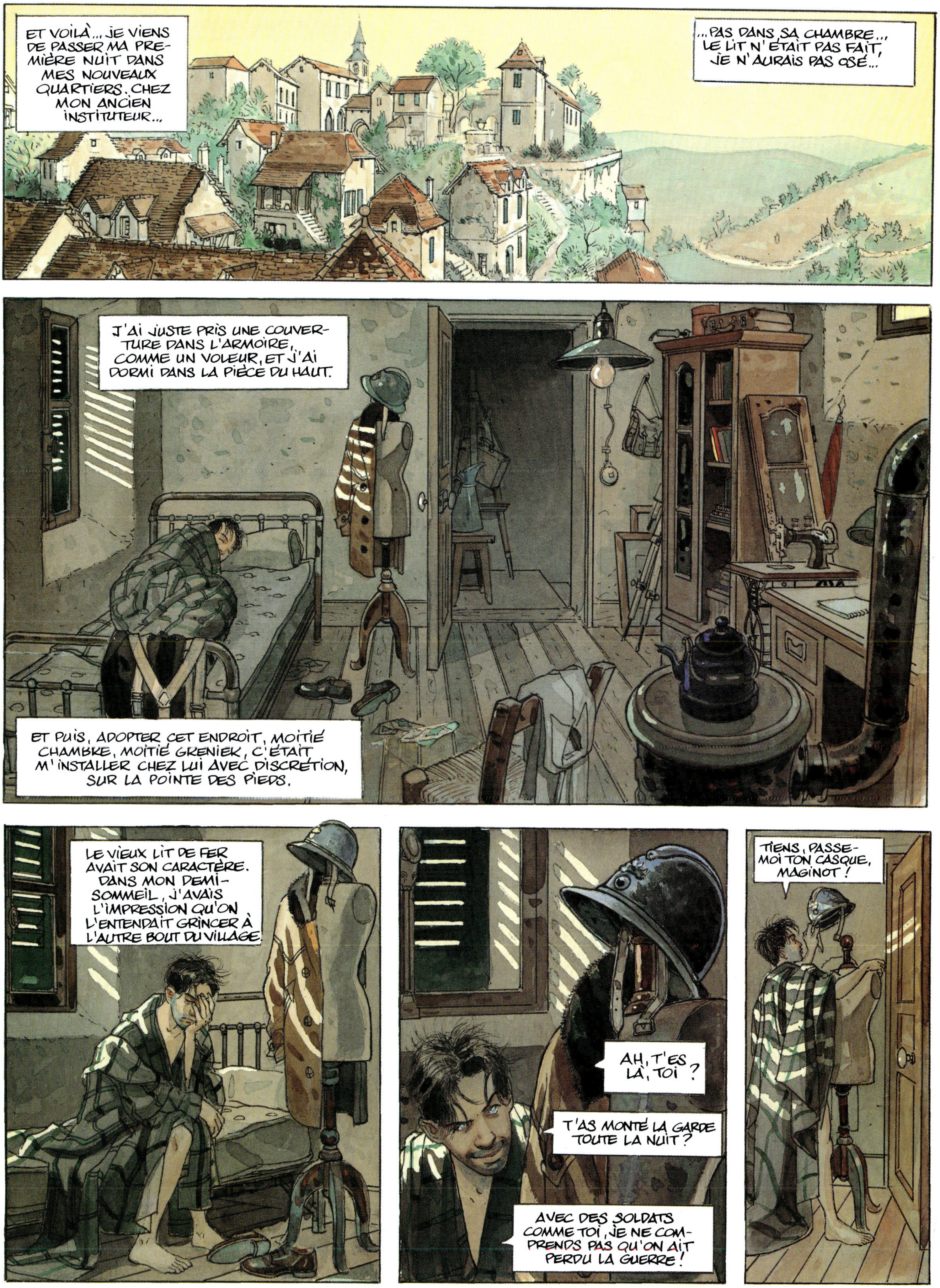
ET VOILÀ... JE VIENS DE PASSER MA PREMIÈRE NUIT DANS MES NOUVEAUX QUARTIERS. CHEZ MON ANCIEN INSTITUTEUR...
...PAS DANS SA CHAMBRE... LE LIT N'ÉTAIT PAS FAIT, JE N'AURAIS PAS OSÉ...
J'AI JUSTE PRIS UNE COUVERTURE DANS L'ARMOIRE, COMME UN VOLEUR, ET J'AI DORMI DANS LA PIÈCE DU HAUT.
ET PUIS, ADOPTER CET ENDROIT, MOITIÉ CHAMBRE, MOITIÉ GRENIER, C'ÉTAIT M'INSTALLER CHEZ LUI AVEC DISCRÉTION, SUR LA POINTE DES PIEDS.
LE VIEUX LIT DE FER AVAIT SON CARACTÈRE. DANS MON DEMI-SOMMEIL, J'AVAIS L'IMPRESSION QU'ON L'ENTENDAIT GRINCER À L'AUTRE BOUT DU VILLAGE.
AH, T'ES LÀ, TOI ?
T'AS MONTÉ LA GARDE TOUTE LA NUIT ?
AVEC DES SOLDATS COMME TOI, JE NE COMPRENDS PAS QU'ON AIT PERDU LA GUERRE !
TIENS, PASSE-MOI TON CASQUE, MAGINOT !

L'EMPLACEMENT ÉTAIT STRATÉGIQUE. À TRAVERS LES PERSIENNES, JE POUVAIS OBSERVER D'UN CÔTÉ LA PLACE DU VILLAGE, AVEC LE CAFÉ DES TILLEULS, LE GARAGE BOUYSSOUX ET LA PETITE FONTAINE...
DE L'AUTRE, LE FENESTROU SURPLOMBAIT LA VALLÉE, LA ROUTE DE CAMBOULAN JUSQU'À L'EMBRANCHEMENT DE CELLE DE TOIRAC ...
...ET AU LOIN, LE CAUSSE DE GRÉALOU SE CONFONDAIT AVEC LA SILHOUETTE BLEUTÉE DES MONTS D'AUVERGNE.
AU MILIEU DE LA PIÈCE, SOURCE UNIQUE DE LUMIÈRE, LA PETITE LUCARNE PROJETAIT SON RAYON DE SOLEIL.
POUR LA LECTURE, IL NE MANQUAIT PLUS QUE LE FAUTEUIL DE PÉPÈRE...
CETTE LACUNE FUT COMBLÉE SANS DÉLAIS... MAIS PAS SANS EFFORTS..
JE COMPRENDS, MON CHER MAGINOT, QU'IL NE FAUDRA PAS COMPTER SUR TOI POUR LES TRAVAUX DOMESTIQUES !
VOYONS UN PEU... "LES GRANDS TRAVAUX DU TONKIN"... "TRAITÉ D'ANATOMIE COMPARÉE"... TIENS ? KARL MARX, "LE CAPITAL"... "FILS DU PEUPLE", MAURICE THOREZ... DÉCIDÉMENT, J'AI BIEN PEUR QU'ON NE LE REVOIE JAMAIS, MONSIEUR THOMASSIN !

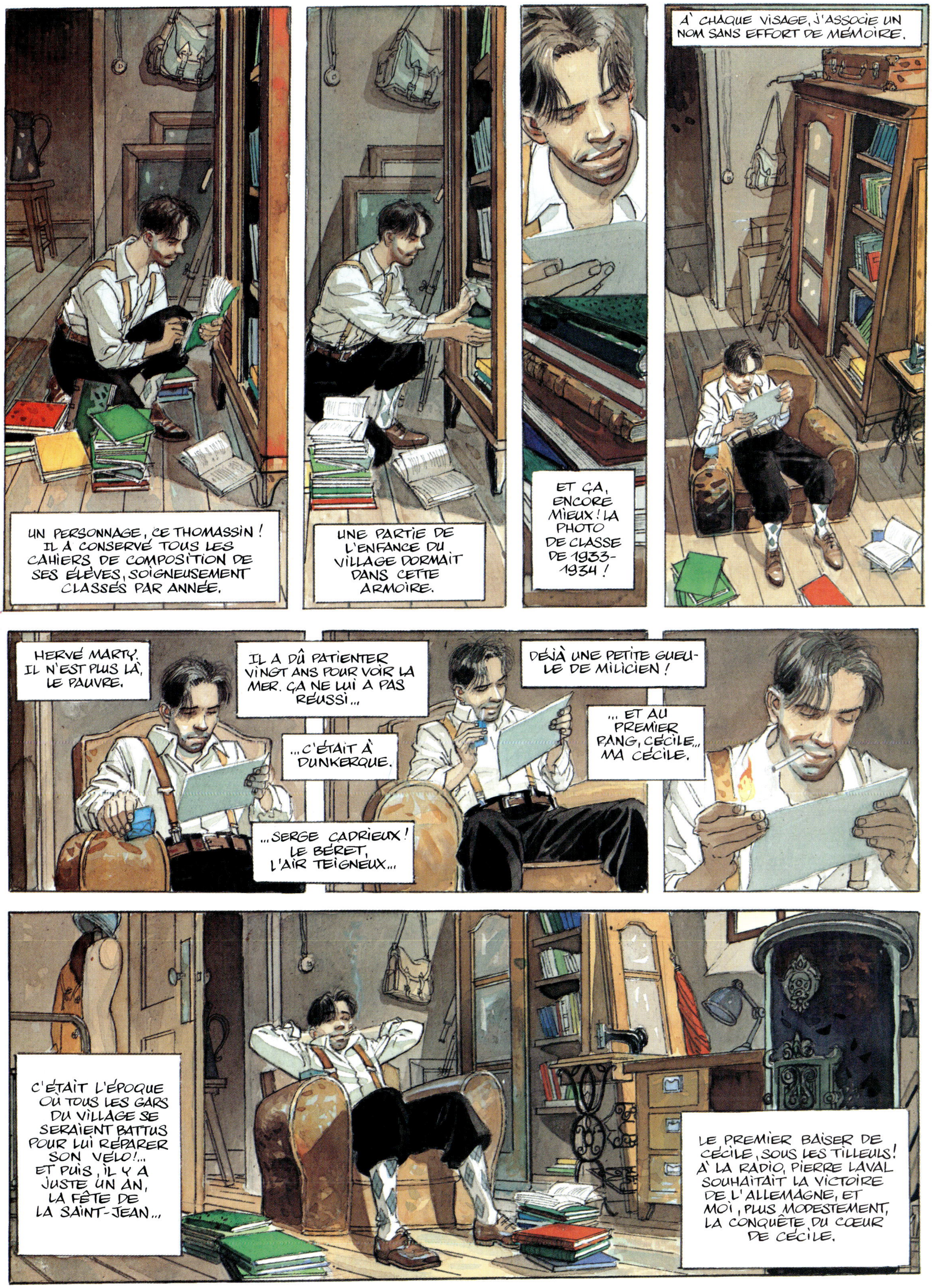
UN PERSONNAGE, CE THOMASSIN ! IL A CONSERVÉ TOUS LES CAHIERS DE COMPOSITION DE SES ÉLÈVES, SOIGNEUSEMENT CLASSÉS PAR ANNÉE.
UNE PARTIE DE L'ENFANCE DU VILLAGE DORMAIT DANS CETTE ARMOIRE.
ET ÇA, ENCORE MIEUX ! LA PHOTO DE CLASSE DE 1933-1934 !
À CHAQUE VISAGE, J'ASSOCIE UN NOM SANS EFFORT DE MÉMOIRE.
HERVÉ MARTY. IL N'EST PLUS LÀ, LE PAUVRE.
IL A DÛ PATIENTER VINGT ANS POUR VOIR LA MER. ÇA NE LUI A PAS RÉUSSI...
...C'ÉTAIT À DUNKERQUE.
...SERGE CADRIEUX ! LE BÉRET, L'AIR TEIGNEUX...
DÉJÀ UNE PETITE GUEULE DE MILICIEN !
... ET AU PREMIER RANG, CÉCILE... MA CÉCILE.
C'ÉTAIT L'ÉPOQUE OÙ TOUS LES GARS DU VILLAGE SE SERAIENT BATTUS POUR LUI RÉPARER SON VÉLO !... ET PUIS, IL Y A JUSTE UN AN, LA FÊTE DE LA SAINT-JEAN...
LE PREMIER BAISER DE CÉCILE, SOUS LES TILLEULS ! À LA RADIO, PIERRE LAVAL SOUHAITAIT LA VICTOIRE DE L'ALLEMAGNE, ET MOI, PLUS MODESTEMENT, LA CONQUÊTE DU COEUR DE CÉCILE.

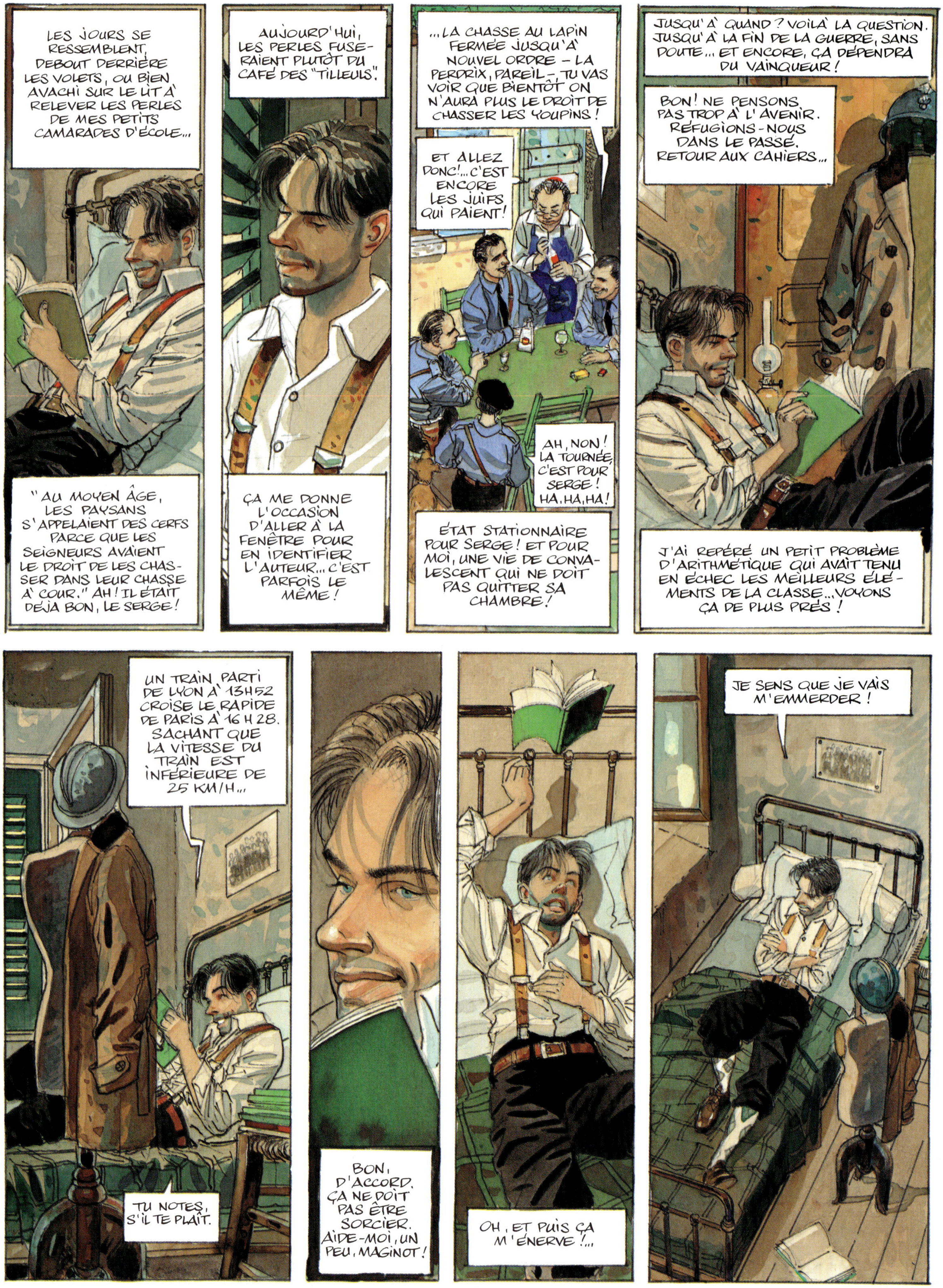

LES JOURS SE RESSEMBLENT, DEBOUT DERRIÈRE LES VOLETS, OU BIEN AVACHI SUR LE LIT À RELEVER LES PERLES DE MES PETITS CAMARADES D'ÉCOLE...
"AU MOYEN ÂGE, LES PAYSANS S'APPELAIENT DES CERFS PARCE QUE LES SEIGNEURS AVAIENT LE DROIT DE LES CHASSER DANS LEUR CHASSE À COUR." AH ! IL ÉTAIT DÉJÀ BON, LE SERGE !
AUJOURD'HUI, LES PERLES FUSERAIENT PLUTÔT DU CAFÉ DES "TILLEULS".
ÇA ME DONNE L'OCCASION D'ALLER À LA FENÊTRE POUR EN IDENTIFIER L'AUTEUR... C'EST PARFOIS LE MÊME !
...LA CHASSE AU LAPIN FERMÉE JUSQU'À NOUVEL ORDRE – LA PERDRIX, PAREIL –, TU VAS VOIR QUE BIENTÔT ON N'AURA PLUS LE DROIT DE CHASSER LES YOUPINS !
ET ALLEZ DONC !... C'EST ENCORE LES JUIFS QUI PAIENT !
AH, NON ! LA TOURNÉE, C'EST POUR SERGE ! HA, HA, HA !
ÉTAT STATIONNAIRE POUR SERGE ! ET POUR MOI, UNE VIE DE CONVALESCENT QUI NE DOIT PAS QUITTER SA CHAMBRE !
JUSQU'À QUAND ? VOILÀ LA QUESTION. JUSQU'À LA FIN DE LA GUERRE, SANS DOUTE... ET ENCORE, ÇA DÉPENDRA DU VAINQUEUR !
BON ! NE PENSONS PAS TROP À L'AVENIR. RÉFUGIONS-NOUS DANS LE PASSÉ. RETOUR AUX CAHIERS...
J'AI REPÉRÉ UN PETIT PROBLÈME D'ARITHMÉTIQUE QUI AVAIT TENU EN ÉCHEC LES MEILLEURS ÉLÉMENTS DE LA CLASSE... VOYONS ÇA DE PLUS PRÈS !
UN TRAIN PARTI DE LYON À 13 H 52 CROISE LE RAPIDE DE PARIS À 16 H 28. SACHANT QUE LA VITESSE DU TRAIN EST INFÉRIEURE DE 25 KM/H...
TU NOTES, S'IL TE PLAÎT.
BON, D'ACCORD. ÇA NE DOIT PAS ÊTRE SORCIER. AIDE-MOI, UN PEU, MAGINOT !
OH, ET PUIS ÇA M'ÉNERVE !...
JE SENS QUE JE VAIS M'EMMERDER !

AUJOURD'HUI, J'AI ENFIN UNE BONNE RAISON D'ÊTRE DEBOUT DERRIÈRE MES PERSIENNES. IL Y A UN ENTERREMENT... ET C'EST LE MIEN !
VOICI LE CORBILLARD !... ÇA ME FAIT TOUT DRÔLE, QUAND MÊME, CE TYPE QUI ME REMPLACE DANS LE CERCUEIL... PAUVRE GARS... CELA DIT, IL A DE LA SUITE DANS LES IDÉES...
NON SEULEMENT IL ME PIQUE MON PORTEFEUILLE, MAIS ENCORE IL ME VOLE MA PLACE AU CIMETIÈRE !
PAUVRE ANGÈLE, QUELLE MASCARADE ! ELLE NE DOIT PAS ÊTRE BIEN À SON AISE, MAIS JE SUIS SÛR QU'ELLE VA TROUVER LE TON JUSTE.
SOYEZ FORTE, ANGÈLE, SI ÇA SE TROUVE, IL NOUS VOIT D'OÙ IL EST !
FERNAND. TIENS, JE CROIS QUE C'EST LA PREMIÈRE FOIS QUE JE LE VOIS SANS SON TABLIER DE BISTROT ET AVEC UN CHAPEAU !... AH, IL Y A QUAND MÊME DU MONDE !
MAIS !? DERRIÈRE MONSIEUR DESPLACE, DE DOS, LÀ, C'EST CÉCILE... AH, NON, C'EST LA FILLE DE BOUYSSOUX !

SACRÉ BASILE !
...IL EST VENU MALGRÉ SA PATTE FOLLE ! LUI, IL M'AIMAIT BIEN !... C'EST PAS MAL, ÇA, J'EN PARLE AU PASSÉ COMME SI C'ÉTAIT LUI QUI ÉTAIT MORT !
BOUYSSOUX PÈRE A ENCORE CHANGÉ DE VOITURE...
LE MARCHÉ NOIR DOIT LUI RAPPORTER PLUS GRAS QUE SON GARAGE !
ET À CÔTÉ, C'EST SERGE, PAS DE DOUTE !
JE SUPPOSE QU'À TRAVERS LUI, C'EST L'EUROPE NOUVELLE QUI ME REND UN DERNIER HOMMAGE !
IL PARAÎT QUE DANS SA NOUVELLE MISSION PURIFICATRICE, IL EST PARTICULIÈREMENT ZÉLÉ. AVEC SON COSTUME DE MILICIEN BIEN REPASSÉ, IL POURRAIT BIEN SE RETROUVER AU CIMETIÈRE AVANT MOI, LUI AUSSI !
POURTANT, IL A L'AIR GENTIL, COMME ÇA !
...IL SERAIT BIEN CAPABLE D'EMBRASSER ANGÈLE ! GAGNÉ ! QUEL CON !

JE SUIS SÛR QUE CÉCILE VA ENCORE ÊTRE EN RETARD.
ET VOILÀ, TOUT LE MONDE ENTRE DANS L'ÉGLISE. PAS BASILE, TOUT DE MÊME !
AH, NON ! IL M'A FAIT PEUR. ET C'EST PAS LE GENRE D'ÉVÉNEMENT QUI VA LE RAPPROCHER DU BON DIEU !
C'EST COMME CÉCILE. ELLE SERA ALLÉE DIRECTEMENT AU CIMETIÈRE ! ÇA NE PEUT ÊTRE QUE ÇA ...
ELLE N'AURA PAS VOULU ASSISTER À LA MESSE... FRANCHEMENT, JE LA COMPRENDS ...
POUR ENTENDRE LES PHRASES TOUTES FAITES, DU CURÉ ...

ÇA Y EST ! JE RESSORS DE L'ÉGLISE, Ç'A ÉTÉ VITE EXPÉDIÉ !
JE SAIS CE QU'IL ME FAUT POUR NE RIEN MANQUER DU DERNIER ACTE.
AVOUE QUE ÇA SERAIT DOMMAGE, HEIN, MAGINOT ?
ET TOUJOURS PAS DE CÉCILE !
ELLE EST QUAND MÊME GONFLÉE, C'ÉTAIT BIEN LA PEINE... JE N'AI PAS PU LA MANQUER, ILS ONT TOUS PASSÉ LA GRILLE EN FILE INDIENNE.
LES VOILÀ QUI REMONTENT...
AH ! BOUYSSOUX S'ARRÊTE À LA HAUTEUR DE BASILE !
IL VA ÊTRE BIEN REÇU, HOU LA LA ! J'AI L'IMPRESSION QU'ILS S'ENGUEULENT !

ALLEZ, MONTE ! FAIS PAS TA TÊTE DE LARD !
ÉDOUARD, TU M'EMMERDES ! JE TE RÉPÈTE QUE JE PRÉFÈRE MARCHER !
N'INSISTE PAS, ÉDOUARD, MONSIEUR BASILE DOIT AVOIR PEUR DE SE SALIR LES FESSES DANS UNE VOITURE DE COLLABO !
TOUT JUSTE, MON CHER !
ON DIT DÉJÀ QUE LA MILICE A LES MAINS SALES, ALORS JE NE SUIS PAS SÛR QU'ELLE AIT LE CUL PROPRE !
MAIS OUI, ILS S'ENGUEULENT !
PAUVRE BASILE, IL SERA LE DERNIER À REJOINDRE CAMBEYRAC. ET JE SUIS BIEN CONVAINCU QU'EN CE MOMENT, CE N'EST PAS À MOI QU'IL PENSE, MAIS À SON FILS, TOMBÉ DEVANT SARAGOSSE.

CE SOIR, ON FÊTE MON ENTERREMENT CHEZ ANGÈLE. MA HANTISE : CROISER QUELQU'UN PRÉSENT AU CIMETIÈRE. J'IMAGINE LA SCÈNE : "C'EST GENTIL D'ÊTRE VENU CE MATIN, SI, SI, ÇA M'A FAIT PLAISIR !" POUR ÉVITER TOUTE CRISE CARDIAQUE, J'EMPRUNTE LE SENTIER CONTOURNANT LE VILLAGE.
SACRÉ BASILE !... LE SERGE, AVEC SON PETIT CARACTÈRE, IL A DÛ APPRÉCIER DE SE FAIRE MOUCHER EN PUBLIC !
TU PENSES ! HEUREUSEMENT, ÉDOUARD A DÉMARRÉ AVANT QUE ÇA NE TOURNE AU VINAIGRE !
TIENS, AU FAIT, EN PARLANT DE SERGE... JE N'AI PAS VU CÉCILE...
CÉCILE ?
OUI, CÉCILE, CÉCILE CADRIEUX, SA COUSINE... TU VOIS QUI JE VEUX DIRE, QUAND MÊME ?
HEU... OUI, ÉVIDEMMENT !
C'EST BIZARRE QU'ELLE NE SOIT PAS VENUE...
ELLE A DÛ AVOIR UN EMPÊCHEMENT...
OUI, C'EST POSSIBLE...

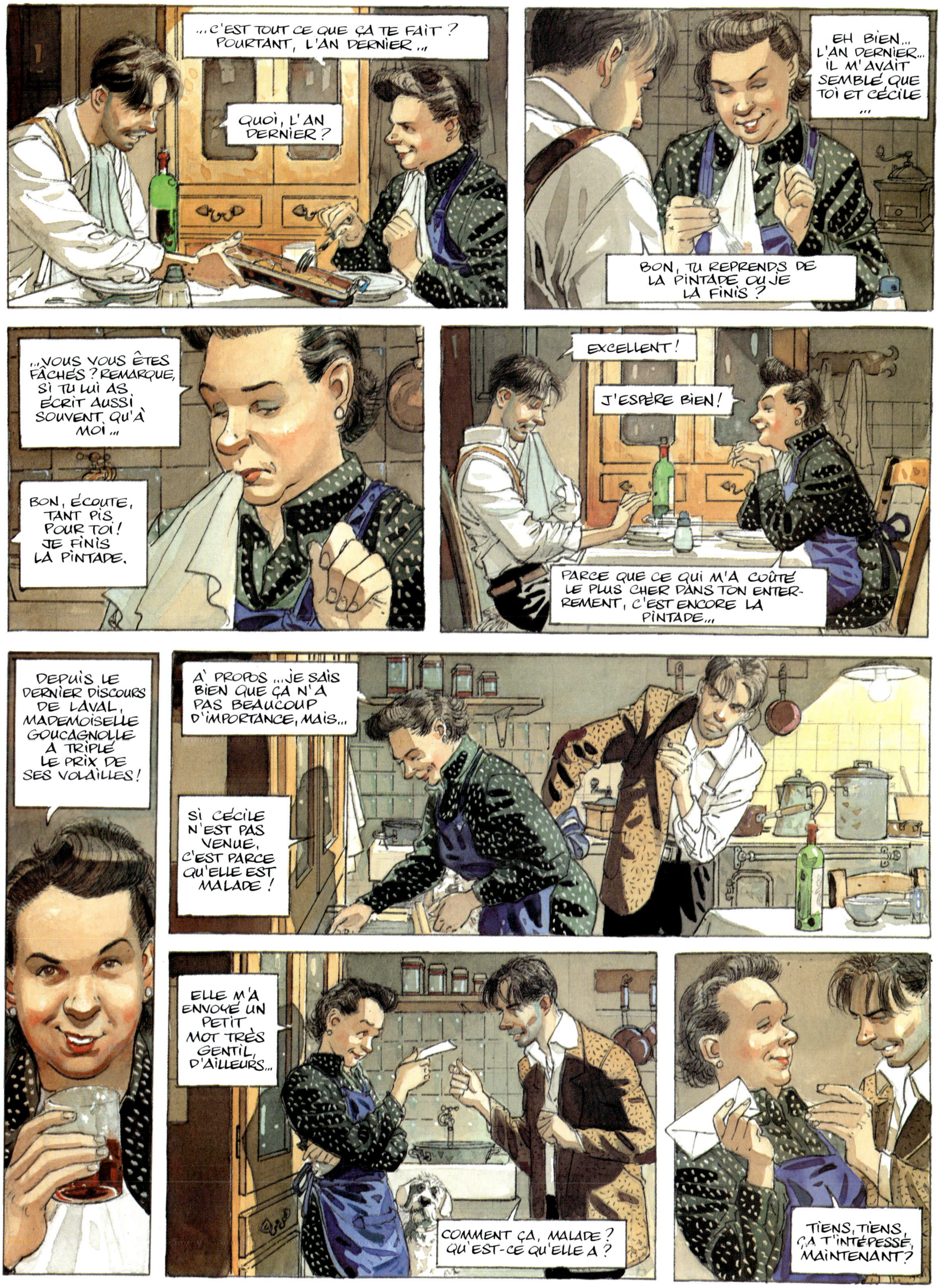

...C'EST TOUT CE QUE ÇA TE FAIT ? POURTANT, L'AN DERNIER ...
QUOI, L'AN DERNIER ?
EH BIEN... L'AN DERNIER... IL M'AVAIT SEMBLÉ QUE TOI ET CÉCILE ...
BON, TU REPRENDS DE LA PINTADE OU JE LA FINIS ?
...VOUS VOUS ÊTES FÂCHÉS ? REMARQUE, SI TU LUI AS ÉCRIT AUSSI SOUVENT QU'À MOI ...
BON, ÉCOUTE, TANT PIS POUR TOI ! JE FINIS LA PINTADE.
EXCELLENT !
J'ESPÈRE BIEN !
PARCE QUE CE QUI M'A COÛTÉ LE PLUS CHER DANS TON ENTERREMENT, C'EST ENCORE LA PINTADE...
DEPUIS LE DERNIER DISCOURS DE LAVAL, MADEMOISELLE GOUCAGNOLLE A TRIPLÉ LE PRIX DE SES VOLAILLES !
À PROPOS ... JE SAIS BIEN QUE ÇA N'A PAS BEAUCOUP D'IMPORTANCE, MAIS...
SI CÉCILE N'EST PAS VENUE, C'EST PARCE QU'ELLE EST MALADE !
ELLE M'A ENVOYÉ UN PETIT MOT TRÈS GENTIL, D'AILLEURS...
COMMENT ÇA, MALADE ? QU'EST-CE QU'ELLE A ?
TIENS, TIENS, ÇA T'INTÉRESSE, MAINTENANT ?

TANT PIS, JE LA LIS MAINTENANT. JE NE PEUX PAS TENIR JUSQU'À LA MAISON...
"CHÈRE ANGÈLE, JE SAIS L'AFFECTION QUE JULIEN VOUS PORTAIT, ET VOUS AUREZ DEVINÉ...
... À TRAVERS CES QUELQUES LIGNES, COMBIEN IL COMPTAIT POUR MOI."
ALLEZ, MAGINOT, JE TE LA RELIS UNE DERNIÈRE FOIS !
À LA DOUZIÈME LECTURE (SUPERFLUE D'AILLEURS, JE LA CONNAISSAIS PAR COEUR)...
...JE ME SUIS ENDORMI !
À MON RÉVEIL, J'EN RÊVE ENCORE. J'AI MÊME L'IMPRESSION D'ENTENDRE SA VOIX.
MAIS, C'EST PAS POSSIBLE ?!
MAGINOT, VIENS VOIR, ÇA VAUT LE COUP !

CÉCILE, TU L'AS BIEN CONNU, TOI, JULIEN, IL ÉTAIT DANS TES ÂGES !
PERNOD
MARTINI
ON AVAIT DEUX MOIS DE DIFFÉRENCE...
AH ! FALLAIT LES VOIR TOUS LES DEUX AU CATÉCHISME, TOUJOURS AVEC DIX BONNES MINUTES DE RETARD. QUAND ILS N'AVAIENT PAS LE FOU RIRE, ILS PAPOTAIENT SANS ARRÊT. BREF, J'ÉTAIS OBLIGÉ DE LES SÉPARER !
AH ! LA LA !... SI C'EST PAS MALHEUREUX QUAND MÊME !
C'EST TOUT CE QUE TU TROUVES À DIRE, MON PAUVRE ÉDOUARD ?
T'AS BONNE MINE, TIENS !
TU M'ARRÊTES SI JE ME TROMPE, MAIS C'EST BIEN TON LAVAL QUI A EU LA RICHE IDÉE D'ENVOYER NOS JEUNES EN ALLEMAGNE PRENDRE DES BOMBES SUR LA GUEULE !
...ET ENCORE, QUAND ILS Y ARRIVENT ! ALORS, JE TE LE RÉPÈTE : T'AS BONNE MINE !
NON MAIS, FERNAND, T'ENTENDS ÇA ? ENCORE UN PEU ET ÇA VA ÊTRE DE MA FAUTE SI...
MESSIEURS, MESSIEURS ! UN JOUR SUR DEUX SANS ALCOOL ET TOUS LES JOURS SANS POLITIQUE, C'EST LA DEVISE DE LA MAISON !
TIENS, C'EST PAS MAL, ÇA, FERNAND ! TU DEVRAIS LE FAIRE GRAVER AU-DESSUS DU COMPTOIR !
QU'EST-CE QUE JE VOUS SERS, MONSIEUR BASILE ?
N'IMPORTE ! UN PASTIS, TIENS !
JE SUIS DÉSOLÉE. AUJOURD'HUI, C'EST UN JOUR SANS ALCOOL !
AH ? TANT PIS, CE N'EST PAS GRAVE... DONNE-MOI CELUI DE DEMAIN !

TOUJOURS EST-IL QUE CÉCILE TRAVAILLE AUX "TILLEULS", ET C'EST LA MEILLEURE NOUVELLE DEPUIS LA DÉFAITE DE STALINGRAD.
MARTINI
À PARTIR DE CE JOUR, LA VOIR SERVIR ENTRE LES TABLES DEVIENT LE PLUS GRACIEUX DES BALLETS, ET CHACUNE DE SES APPARITIONS...
... ME REND UN PEU PLUS AMOUREUX.
TU NE T'ES JAMAIS MARIÉ, MAGINOT ? C'EST DOMMAGE, AVEC UN BOUTE-EN-TRAIN COMME TOI...
... ELLE NE SE SERAIT PAS ENNUYÉE UNE SECONDE !

J'AVAIS ÉGALEMENT COMPRIS QUE SI CÉCILE TRAVAILLAIT AUX "TILLEULS", ELLE DEVAIT ÊTRE LOGÉE CHEZ SA GRAND-MÈRE, AU MAS DE TRINTI. IL SUFFISAIT DONC DE POUSSER LE BUREAU...
...LA MACHINE À COUDRE, D'ÊTRE UN PEU ACROBATE POUR QUE LE MAS DE TRINTI SE TROUVE JUSTE SOUS LA GRANDE OURSE.
LA PETITE LUCARNE DE GAUCHE, ÇA DOIT ÊTRE SA CHAMBRE !
...D'ACCORD... VOYONS CELLE DE DROITE !
C'EST MIEUX... C'EST BEAUCOUP MIEUX !

TU VOIS, MAGINOT, POUR UNE PROCHAINE VIE, J'AI BIEN ENVIE DE CHOISIR LE CHAT, MOI !
... PAS DE MOBILISATION GÉNÉRALE, PAS DE TRAVAIL OBLIGATOIRE, PAS PLUS EN ALLEMAGNE QU'AILLEURS.
T'AS JUSTE À TE LAISSER DORLOTER, LES PATTES EN L'AIR.
MERDE ! ELLE A ÉTEINT !

ET SI J'ALLAIS LA RETROUVER AU MAS DE TRINTI ? AH, OUI ! BONNE IDÉE ! POUR TOMBER SUR SERGE ! IL PARAÎT QU'IL Y DORT DE TEMPS EN TEMPS... LUI ÉCRIRE, ALORS ? À QUOI BON ? DEPUIS AVRIL, ELLE N'A PAS RÉPONDU À MES TROIS DERNIÈRES LETTRES...
OUAH OUAH OUAH
TIENS, C'EST LE CHIEN DE MARCEAU ! IL DOIT Y AVOIR DU MONDE DANS LE CHEMIN !
JE COMPTE... COMME LE COUP DE TONNERRE APRÈS L'ÉCLAIR, POUR ÉVALUER LA DISTANCE DE L'ORAGE...
SI TROIS MINUTES APRÈS, LE CHIEN DU MAS DE PARROT GUEULE À SON TOUR, IL VAUT MIEUX SE PLANQUER !
ÇA DOIT ÊTRE LES GENDARMES !
HÉ, LES GARS, ON S'APPROCHE DU VILLAGE, ALORS MOINS DE POTIN AVEC LES BIDONS !
JULES ET ROLAND, VOUS FEREZ LE GUET SUR LA ROUTE DE FOISSAC !

LES AUTRES, AVEC MOI, CHEZ BOUYSSOUX !
BOUYSSOUX AIDE LA RÉSISTANCE ! ALORS LÀ, C'EST LE POMPON !
C'EST PAS POSSIBLE, J'AI DÛ MAL COMPRENDRE !
OU ALORS C'EST PAS LE MÊME BOUYSSOUX !
EN ATTENDANT, ILS PRENNENT BIEN LA DIRECTION DU VILLAGE PAR LE CHEMIN DE LA JONADE.
LES VOILÀ, JUSTE SOUS LE GARAGE ! NOM DE DIEU, ON PARLE BIEN DU MÊME !
QU'EST-CE QU'ILS FABRIQUENT ?
LA VACHE ! ILS SIPHONNENT LA CUVE !
J'EN REVIENS PAS !
BOUYSSOUX AIDE LA RÉSISTANCE ET PERSONNE N'EST AU COURANT ! LUI NON PLUS, D'AILLEURS !

EN CE DÉBUT JUILLET, L'ÉTÉ S'INSTALLE, LES JOURNÉES SONT DE PLUS EN PLUS CHAUDES ET LES JAMBES DE CÉCILE DE PLUS EN PLUS BRONZÉES. LA CLIENTÈLE A DÉSERTÉ "LES TILLEULS" POUR CAUSE DE MOISSONS.
C'EST LA PREMIÈRE FOIS QUE J'EN SUIS EXEMPTÉ. C'EST CURIEUX : LES ANNÉES PASSÉES, J'AURAIS TOUT FAIT POUR LES ÉVITER ET CETTE ANNÉE JE PRENDS ÇA COMME UNE PUNITION.
"MONSIEUR SARLAT, VOUS N'AVEZ PAS VOULU ALLER TRAVAILLER EN ALLEMAGNE COMME VOS PETITS CAMARADES, EH BIEN VOUS RESTEREZ AU PIQUET JUSQU'À LA FIN DE LA GUERRE !"
SAMEDI 10 JUILLET. JE VAIS ENTAMER MA TROISIÈME SEMAINE AVEC MAGINOT.
MERDE ! DÉJÀ MIDI !
...CETTE NUIT, LES TROUPES ALLIÉES ONT DÉBARQUÉ EN SICILE...
OH !
T'ENTENDS ÇA, MAGINOT ?
ILS ONT DÉBARQUÉ EN ITALIE !
...DE VIOLENTS COMBATS SE DÉROULENT ACTUELLEMENT AU SUD DE...
LA GUERRE EST FINIE, MON POTE !
TU VAS POUVOIR RENTRER CHEZ TOI.
DANS LA NUIT DU 11 JUILLET, J'ORGANISE UNE OPÉRATION COMMANDO DANS LA SALLE DE CLASSE POUR SUBTILISER LA CARTE DE "L'EUROPE JUSQU'À L'OURAL", OUTIL INDISPENSABLE POUR SUIVRE L'AVANCE DES ALLIÉS.
"LE CONTINENT ANTARCTIQUE"... J'EN AI RIEN À FOUTRE DU PÔLE SUD !
S'ILS VONT AUSSI VITE QUE LES ALLEMANDS EN 40, DANS UNE SEMAINE, ILS SONT À NAPLES, DANS DIX JOURS À ROME, ET LE 15 AOÛT, ON DANSE LE CHARLESTON SUR LA PLACE AVEC LES AMÉRICAINS.

À LA TERRASSE DES "TILLEULS", LE DÉBARQUEMENT EST DEVENU LE PRINCIPAL SUJET DE CONVERSATION.
ALORS, MONSIEUR LE CURÉ...
... VOUS PENSEZ QUE LA GUERRE SERA FINIE À NOËL ?
AVEC L'AIDE DE DIEU, PEUT-ÊTRE...
IL N'A PAS TOUJOURS AIDÉ LES AMÉRICAINS, VOTRE BON DIEU !...
... ET SI ÇA NE TENAIT QU'À MOI, IL AURAIT DES COMPTES À RENDRE À LA LIBÉRATION !
ALLONS, BASILE, LES HOMMES ONT DÉJÀ CRUCIFIÉ LE FILS, VOUS NE VOUDRIEZ PAS QU'ILS FUSILLENT LE PÈRE !
LES JOURS QUI SUIVIRENT ÉMOUSSÈRENT MON OPTIMISME. LE CALENDRIER LIBÉRATEUR FUT REVU À LA BAISSE.
AUJOURD'HUI, 16 JUILLET, PALERME EST LE THÉÂTRE D'UNE LUTTE ACHARNÉE... LES AMÉRICAINS PROGRESSENT QUARTIER PAR QUARTIER...
DANS LA NUIT DU 23 JUILLET, PALERME EST TOMBÉE AUX MAINS DES ALLIÉS.
PALERME !... ON EST PAS SORTI DE L'AUBERGE !
LE 15 AOÛT, MÊME ÉDOUARD REPREND DU POIL DE LA BÊTE !
TU PARLES, ILS SONT ENCORE EN SICILE, TES AMÉRICAINS ! HA, HA, HA !
T'ES PAS PRÈS DE TRINQUER AVEC EUX.
C'EST PAS GRAVE, ON TRINQUERA AVEC LES RUSSES... ET AVANT LES VENDANGES ! ILS SONT DÉJÀ À SMOLENSK !
IL FAUT SE FAIRE UNE RAISON, LA VICTOIRE N'EST PAS POUR DEMAIN !
TIRE !... MAIS QU'EST-CE QUE TU ATTENDS POUR TIRER !
MONSIEUR LE CURÉ, JE NE JOUE PLUS AVEC VOUS !
ALLEZ, BASILE, T'AS PLUS QU'À TE LAISSER MOURIR GENTIMENT SUR LE COCHONNET...
... ET MOI, JE PORTE L'ESTOCADE !
IL FAUT RECONNAÎTRE QU'À CAMBEYRAC, LA GUERRE RESTE SUPPORTABLE.

LES BATTAGES SONT TERMINÉS, L'ÉTÉ REND SON TABLIER, ET LA FRANCE EST TOUJOURS À L'HEURE ALLEMANDE.
CAMBEYRAC SE CONSOLE AVEC LA LIBÉRATION DE PAUL ET DE JAMILOU, FAITS PRISONNIERS PAR LES BOCHES ET GRACIEUSEMENT RENDUS PAR LES ALLEMANDS.
PAUL, C'EST LE FILS DE FERNAND. IL TERMINAIT SES ÉTUDES DE MÉDECINE QUAND LA GUERRE A ÉCLATÉ. IL DOIT SA LIBERTÉ À LA PÉNURIE DE MÉDECINS DEPUIS 1940. C'EST DU MOINS LA VERSION OFFICIELLE.
JAMILOU, C'EST AUTRE CHOSE. C'EST LE BENÊT DU VILLAGE. IL TRAVAILLAIT DANS UNE FERME EN BAVIÈRE. ON LUI A CONFIÉ UN SAC DE SEMIS, JAMILOU A FAIT UN GRAND TROU, VERSÉ LE CONTENU DU SAC PUIS REBOUCHÉ LE TOUT CONSCIENCIEUSEMENT.
L'AGRICULTURE SELON JAMILOU FUT JUGÉE FANTAISISTE ET RUINEUSE. LE GRAND REICH PRÉFÉRA DONC S'EN SÉPARER.
ILS ARRIVÈRENT À CAMBEYRAC LE 18 SEPTEMBRE.
OUI, BON ! QUATRE BISES, CELA DEVRAIT SUFFIRE !
SERGE PROFITE DE L'OCCASION POUR ÂNONNER LE DISCOURS DE LAVAL SUR CE BON ESPRIT ALLEMAND, SUR "CETTE NATION VICTORIEUSE QUI ACCEPTE DE NE PAS ABUSER DE SA VICTOIRE"... MAIS TOUT LE MONDE S'EN FOUT.
POUR LE RETOUR DE SON FILS, FERNAND ORGANISE UNE PETITE FÊTE.
ÉCOUTE, FERNAND, NOUS, ON VEUT BIEN FERMER LES YEUX À CONDITION QUE LA MUSIQUE, ON NE L'ENTENDE PAS DE LA GENDARMERIE.
JE METTRAI LA SOURDINE SUR L'ACCORDÉON. JE VOUS PROMETS DE NE PAS JOUER FORT...
... PAR CONTRE, IL NE PEUT PAS VOUS PROMETTRE DE JOUER JUSTE !

SUR LA JUSTESSE, IL A BIEN FAIT DE NE RIEN PROMETTRE !
JE NE PEUX APERCEVOIR QUE LES JAMBES DES DANSEURS.
LE PETIT JEU CONSISTE À IDENTIFIER CAVALIÈRES ET CAVALIERS.
QUI C'EST LA FILLE EN NOIR QUI DANSE AVEC CÉCILE ?
MERDE ! C'EST LE CURÉ ! VIENS VOIR, MAGINOT, JE CROIS QU'IL EST AUSSI DOUÉ POUR LE TANGO QUE POUR LA PÉTANQUE !
... ET FERNAND QUI GAMBILLE AVEC JAMILOU, MAINTENANT ! AH ! Y A DE L'AMBIANCE !
LE PANTALON MARRON, ÇA C'EST PAUL. JE L'AI REPÉRÉ, LUI. ÇA FAIT TROIS FOIS QU'IL DANSE AVEC CÉCILE.
ET C'EST LA CINQUIÈME, MAINTENANT ! IL EST GONFLÉ ! IL FERAIT MIEUX DE S'OCCUPER DE LA FILLE BOUYSSOUX, ELLE EST OBLIGÉE DE VALSER AVEC LES GENDARMES !...
...TIENS, JE PRÉFÈRE ALLER ME COUCHER.
ET DE HUIT ! C'EST PAS POSSIBLE, IL LUI TOURNE AUTOUR !

À PARTIR DE CE JOUR, LES RIRES DE CÉCILE QUI S'ÉCHAPPENT DU CAFÉ ME NOUENT L'ESTOMAC.
C'EST PAUL QUI LA FAIT RIRE COMME ÇA ?
IL N'A PAS ÉTÉ FOUTU DE S'ÉVADER, MAIS POUR FAIRE LE MALIN AVEC LES FILLES, LÀ, IL EST FORT !
LE VOYEURISME AUQUEL JE M'ADONNE CHAQUE SOIR NE M'APPORTE QUE SUPPLICE ET TOURMENT.
LE DÉSIR A FAIT PLACE À L'APPRÉHENSION DE SURPRENDRE DANS LE CERCLE LUMINEUX LES SILHOUETTES ENLACÉES DE CÉCILE ET PAUL.
COMME LA NUIT TOMBE DE PLUS EN PLUS TÔT EN CES JOURNÉES D'AUTOMNE, JE PRENDS L'HABITUDE D'ALLER DÎNER CHEZ ANGÈLE UNE FOIS PAR SEMAINE, HISTOIRE DE ME CHANGER LES IDÉES.
LE FERNAND, IL EST SACRÉMENT FIER D'AVOIR RÉCUPÉRER SON FILS.
MAIS QU'EST-CE QU'IL A MAIGRI !... ÇA LUI VA BIEN, D'AILLEURS...
IL A UN PEU PLUS D'ALLURE QUE SON PÈRE !
TU N'AS RIEN MANGÉ !?
C'EST BIEN LA PEINE DE PRENDRE DES RISQUES POUR VENIR, T'AS À PEINE TOUCHÉ À MON RAGOÛT...
T'ES PAS MALADE AU MOINS ?
JE T'AI MIS DES TOMATES SOUS LES CHAMPIGNONS. J'ESPÈRE QUE TU LES MANGERAS, CETTE FOIS !
EN CETTE PÉRIODE OÙ UN KILO DE LÉGUMES COÛTAIT PRESQUE LE PRIX D'UN VÉLO, J'AVAIS LAISSÉ POURRIR UNE LIVRE DE TOMATES.

ANGÈLE A REPRIS LE CHEMIN DE L'ÉCOLE, LES VENDANGES S'ACHÈVENT, LE VIN NOUVEAU REMPLIT LES FÛTS DES CAVES ET DES CELLIERS. LA SEULE CUVE QUI SOIT VIDE EN CETTE FIN D'OCTOBRE...
...C'EST CELLE DE BOUYSSOUX. LES RÉSISTANTS VIENNENT DE LUI SIPHONNER SES DERNIÈRES GOUTTES DE CARBURANT...
...ET POUR FINIR DANS LA BONNE HUMEUR, ILS ONT POUSSÉ LA PLAISANTERIE JUSQU'À REMPLIR SA CITERNE AVEC DE L'EAU !
MON CHER ÉDOUARD, VOICI QUELQUES LITRES D'ESSENCE QUE TU VAS AVOIR DU MAL À REVENDRE AU MARCHÉ NOIR !... ET C'EST BIEN FAIT POUR TA GUEULE !
ET MOI, SI JE NE VEUX PAS ÊTRE TRANSFORMÉ EN CITROUILLE OU EN TOPINAMBOUR, JE FERAIS BIEN DE RENTRER...
...LE CLOCHER DE L'ÉGLISE A SONNÉ CINQ HEURES ET LE JOUR NE VA PAS TARDER À SE LEVER.

JE SERAIS CURIEUX DE SAVOIR D'OÙ ILS SORTENT, CES GARS-LÀ. ILS NE SONT PAS DU VILLAGE, EN TOUT CAS.
JE N'AI RECONNU PERSONNE, POUR AUTANT QUE J'AIE PU LES VOIR.
LE CHEF AVAIT L'ACCENT ESPAGNOL. C'EST PEUT-ÊTRE LE MAQUIS DU LOT ! ÇA VOUDRAIT DIRE QU'ILS VIENNENT AU MOINS DE TOIRAC...
... OU DU CAMBURAT, VA SAVOIR.
ÇA FAIT UNE SACRÉE TROTTE !... SI C'EST ÇA, ILS NE SONT PAS ENCORE COUCHÉS !... EH BIEN, JE NE SUIS PAS SI MAL ICI, MOI, FINALEMENT !
QU'EST-CE QUE TU EN PENSES, TOI, MAGINOT ? HEIN ? ÇA POURRAIT ÊTRE PIRE !

LA SOUPE EST BONNE, ANGÈLE NOUS DÉPOSE TOUS LES TROIS JOURS UN PETIT PANIER GARNI PAR LE SOUPIRAIL...
MAIS...
QU'EST-CE QUE C'EST QUE CE RAFFUT ?
RIP
?!

GARAGE
BENZIN ! SCHNELL !
HEU ... OUI ... BIEN SÛR ... JE DESCENDS TOUT DE SUITE.
SCHNELL ! SCHNELL !
VOILÀ, VOILÀ, MONSIEUR L'OFFICIER...

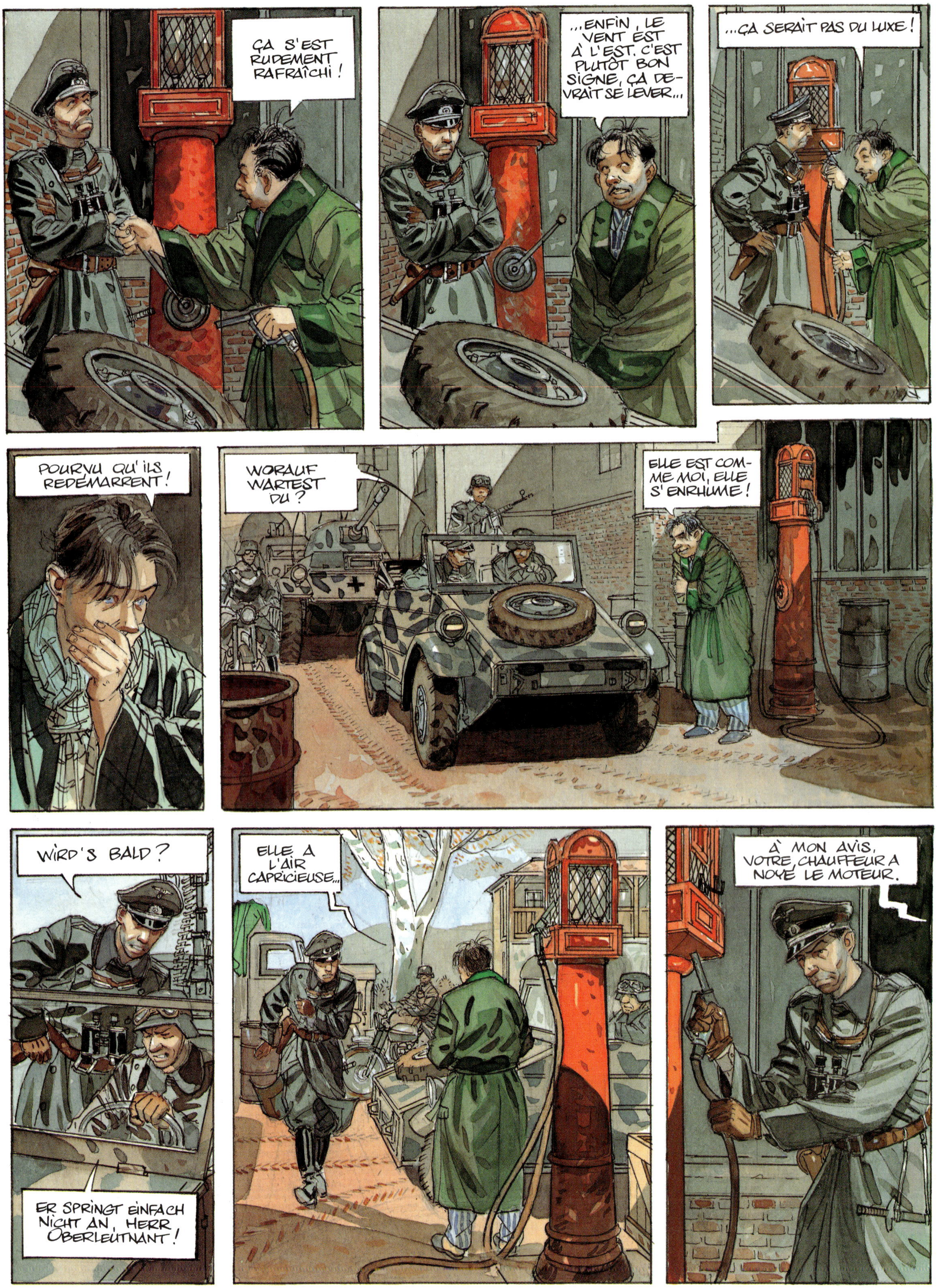
ÇA S'EST RUDEMENT RAFRAÎCHI !
...ENFIN, LE VENT EST À L'EST. C'EST PLUTÔT BON SIGNE, ÇA DEVRAIT SE LEVER...
...ÇA SERAIT PAS DU LUXE !
POURVU QU'ILS REDÉMARRENT !
WORAUF WARTEST DU ?
ELLE EST COMME MOI, ELLE S'ENRHUME !
WIRD'S BALD ?
ER SPRINGT EINFACH NICHT AN, HERR OBERLEUTNANT !
ELLE A L'AIR CAPRICIEUSE...
À MON AVIS, VOTRE CHAUFFEUR A NOYÉ LE MOTEUR.

WASSER ! C'EST DE LA EAU !
DU FRANZÖSISCHES SCHWEIN ! TERRORIST !
PAPA ! QU'EST-CE QUI SE PASSE ?

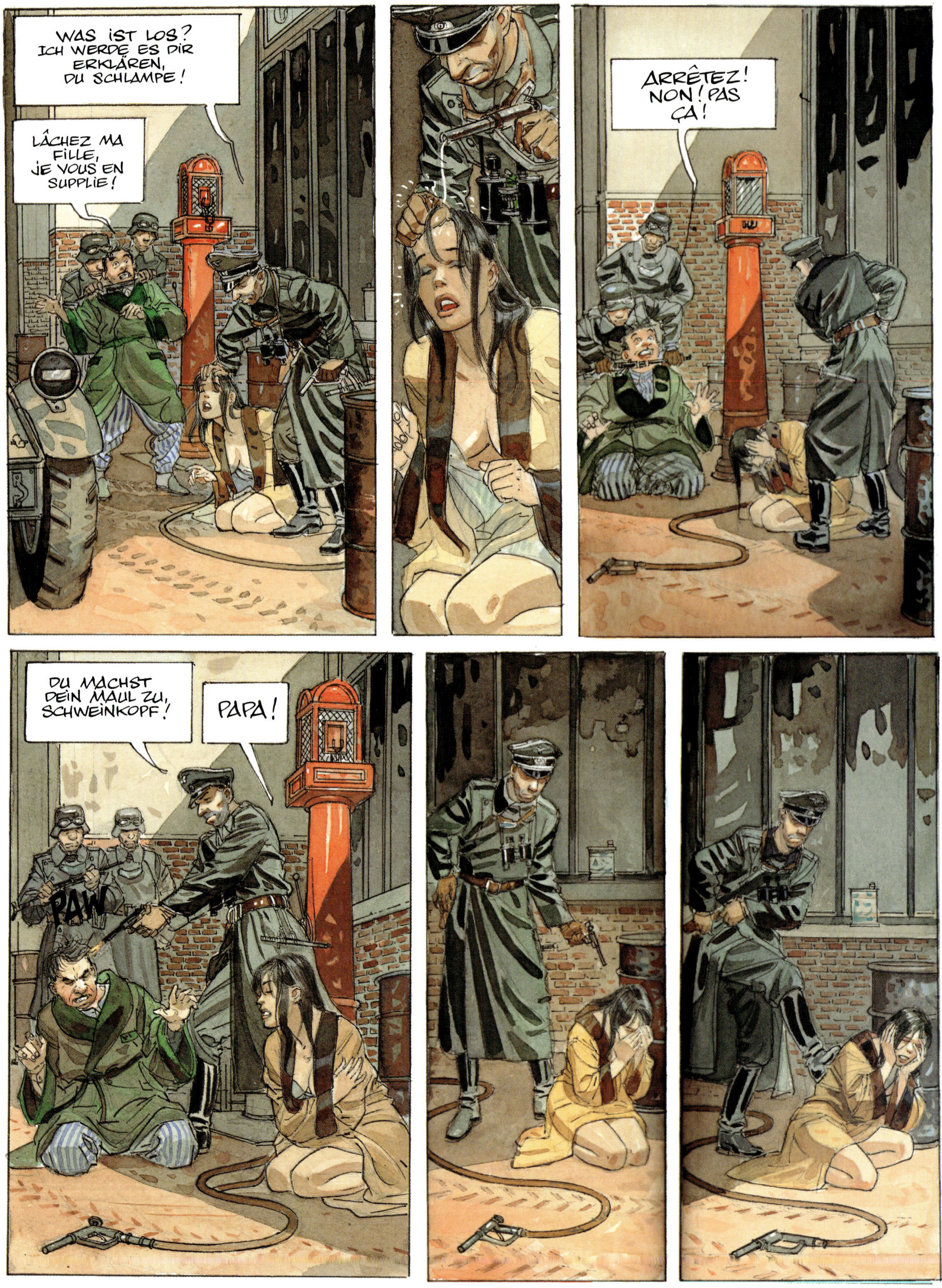
WAS IST LOS? ICH WERDE ES DIR ERKLÄREN, DU SCHLAMPE!
LÂCHEZ MA FILLE, JE VOUS EN SUPPLIE!
ARRÊTEZ! NON! PAS ÇA!
DU MACHST DEIN MAUL ZU, SCHWEINKOPF!
PAPA!
PAW

DEPUIS L'ENTERREMENT DE BOUYSSOUX, CAMBEYRAC EST EN ÉTAT DE CHOC. EDOUARD FUT LA SEULE VICTIME, MAIS C'EST COMME SI LES ALLEMANDS AVAIENT FUSILLÉ TOUT LE VILLAGE.
PLUS PERSONNE NE TRAVERSE LA PLACE. LES HABITANT RESTENT TERRÉS CHEZ EUX.
CHAISES ET TABLES DISPARAISSENT DE LA TERRASSE DU CAFÉ. BOUYSSOUX PASSE DÉSORMAIS POUR UN MARTYR DE LA RÉSISTANCE.
IL CACHAIT BIEN SON JEU, L'EDOUARD !
LES ENFANTS NE S'ATTARDENT PLUS SOUS LES TILLEULS. ILS S'ÉCHAPPENT DE L'ÉCOLE COMME UNE VOLÉE D'ÉTOURNEAUX ET REGAGNENT LEURS FOYERS DANS DE JOYEUSES GALOPADES.
MÊME ANGÈLE N'OSE PLUS SORTIR LE SOIR POUR ME DÉPOSER MON PANIER DE VICTUAILLES.
DÉSORMAIS, LES PROVISIONS SONT ACHEMINÉES EN PLEINE JOURNÉE.
ELLE ARRIVE À L'ÉCOLE UNE BONNE DEMI-HEURE AVANT LES ÉLÈVES.
SES CARTABLES GONFLÉS À CRAQUER NE RENFERMENT PLUS UNIQUEMENT LES NOURRITURES DE L'ESPRIT. LES DEUX TIROIRS DE SON BUREAU SONT RÉQUISITIONNÉS ET TRANSFORMÉS EN GARDE-MANGER.

JE LUI LAISSE QUELQUEFOIS MES IMPRESSIONS CULINAIRES SUR LE TABLEAU NOIR.
Dictée de M. Alphonse Dadais
Oh, comme elle s'est régalée la chèvre de monsieur Julien
JE L'IMAGINE EFFAÇANT FÉBRILEMENT MA PROSE AVANT L'ARRIVÉE DES ENFANTS.
MALGRÉ CES FACÉTIES DE COLLÉGIEN, L'AMBIANCE GÉNÉRALE RESTE TERRIBLEMENT MOROSE. LA VIE SEMBLE AVOIR ABANDONNÉ LE VILLAGE.
LES JOURNÉES POURTANT ÉCOURTÉES PAR L'AUTOMNE ME PARAISSENT DE PLUS EN PLUS LONGUES ET LES SOIRÉES INTERMINABLES.
POUR M'OCCUPER L'ESPRIT, JE ME LANCE DANS LA SCULPTURE. GRÂCE À UNE PHOTO PARUE DANS "LA SCIENCE ET LA VIE" CHIPÉE CHEZ MA TANTE, J'ENTREPRENDS LA RÉALISATION D'UN MODÈLE RÉDUIT: LA SIMCA 5.
SI C'EST RÉUSSI, JE L'OFFRIRAI À ANGÈLE POUR NOËL !
LA DÉGRADATION BRUTALE DU TEMPS M'INFLIGE UNE PUNITION SUPPLÉMENTAIRE.
LES NUITS SOMBRES ET PLUVIEUSES M'INTERDISENT DE PRENDRE L'EXERCICE DONT J'AI BESOIN.
DANS UNE DE MES RARES ESCAPADES NOCTURNES, EN SAUTANT UN PETIT MUR DE PIERRES, J'AI TROUVÉ LE MOYEN DE DÉCHIRER LA CANADIENNE DE MAGINOT...
CRAC
AH! BRAVO!
C'EST L'OCCASION DE M'INITIER À LA COUTURE...
MAGINOT, JE NE GARANTIS PAS LE RÉSULTAT...

DE CÉCILE, JE NE VOIS PLUS QUE LES SOCQUETTES BLANCHES ET LA SILHOUETTE EMMITOUFLÉE ENFOURCHANT SA BICYCLETTE.
PAUL, LUI, JE LE VOIS TOUTES LES SEMAINES QUAND IL VIENT CHERCHER CÉCILE, POUR LA PROMENADE DU DIMANCHE.
ILS SONT ENSEMBLE, C'EST SÛR !... LES ALLEMANDS NE POUVAIENT PAS LE GARDER, CE SALAUD !?
ILS ONT UN MILLION DE PRISONNIERS ET IL FAUT QU'ILS RELÂCHENT CELUI-LÀ !...
ILS AURAIENT MIEUX FAIT DE LE FUSILLER... POUR LUI APPRENDRE À PIQUER LA FEMME DES AUTRES.
POURTANT, LES SOIRÉES, CÉCILE CONTINUE À LES PASSER SEULE...
...OU PLUS EXACTEMENT EN COMPAGNIE DE ZOLA. C'EST DÉJÀ UN SOULAGEMENT.
MAIS IL SUFFIT QU'UN SOIR LA PETITE LUCARNE NE S'ALLUME PAS POUR QUE MES DERNIÈRES ILLUSIONS S'ÉVANOUISSENT.
ALORS, MES IDÉES DEVIENNENT AUSSI NOIRES QUE LES FENÊTRES DU MAS DE TRINTI.

IL N'Y A PAS QUE LE MORAL QUI BAISSE, LE THERMOMÈTRE ÉGALEMENT. HEUREUSEMENT, LE CONDUIT DE CHEMINÉE DE L'ÉCOLE EST JUMELÉ À CELUI DE L'APPARTEMENT. TANT QUE LE POÊLE DE LA CLASSE FONCTIONNE, JE PEUX UTILISER LE MIEN SANS ÉVEILLER LES SOUPÇONS.
POUR LA PREMIÈRE FOIS DE MA VIE, J'APPRÉHENDE LES VACANCES DE NOËL.
EN CE MOIS DE NOVEMBRE, CÉCILE SEMBLE ABANDONNER LA LECTURE POUR LE TRICOT.
IL ME FAUT QUELQUES JOURS POUR COMPRENDRE QU'IL S'AGIT D'UNE ÉCHARPE, ÉTANT DONNÉ LA LONGUEUR.
C'EST POUR L'AUTRE ABRUTI ! POUR QUI VEUX-TU QUE CE SOIT, MAGINOT ?
C'EST PAS POUR TOI... C'EST PAS POUR MOI NON PLUS...
TIENS, ELLE A REPRIS ZOLA !... ÇA VEUT DIRE QU'ELLE A DÛ FINIR L'ÉCHARPE.
GERMINAL
ELLE LA LUI A PEUT-ÊTRE DÉJÀ OFFERTE...
JE M'ATTENDAIS À VOIR PAUL SURGIR SUR SON VÉLO AVEC SON TROPHÉE AUTOUR DU COU.
J'ESPÈRE QU'IL VA S'ÉTRANGLER AVEC, EN SE LA COLLANT DANS LES RAYONS.
MÊME LES BONNES NOUVELLES DE LONDRES NE DÉCLENCHENT PLUS LE MOINDRE ENTHOUSIASME.
SUR UN FRONT DE CINQUANTE KILOMÈTRES, QUINZE CENTS CHARS SOVIÉTIQUES ONT ENFONCÉ LES LIGNES ALLEMANDES...
L'ARMÉE ROUGE A ATTEINT LES FAUBOURGS DE KIEV...
ÇA ME FAIT UNE BELLE JAMBE !
DURANT CETTE FIN D'AUTOMNE, JE RESTE DES HEURES ENTIÈRES ALLONGÉ SUR LE LIT À BROYER DE SOMBRES PENSÉES, EN ÉCOUTANT LA PLUIE RICOCHER SUR LA VITRE DE LA LUCARNE.

DANS UNE SEMAINE, C'EST NOËL. UNE FOIS DE PLUS, ANGÈLE ME SAUVE LA MISE. POUR QUE JE PUISSE ME CHAUFFER EN TOUTE IMPUNITÉ PENDANT LES VACANCES, ELLE DÉCIDE DE DONNER DES COURS DE RATTRAPAGE AUX CANCRES DE SERVICE.
TOUS LES JOURS, JE VOIS TROIS PETITS MALHEUREUX QUI S'AVANCENT EN TRAÎNANT LES PIEDS, LE BÉRET EN BERNE.
TROIS INNOCENTS SACRIFIÉS SUR L'AUTEL DE MON PETIT CONFORT.
POUR LE SOIR DE NOËL, JE ME RENDS CHEZ ANGÈLE AVEC DANS MA POCHE LA PETITE SIMCA FRAÎCHEMENT TERMINÉE.
UNE PETITE SURPRISE M'ATTEND...
ENTRE VITE, J'AI QUELQUE CHOSE À TE MONTRER.
T'AS VU SI JE SUIS BELLE ? C'EST UN CADEAU DE CÉCILE !
ÉCOUTE, ELLE EST ADORABLE... JE LUI AVAIS PRÊTÉ TOUTE L'ŒUVRE DE ZOLA, ALORS POUR ME REMERCIER, ELLE A TRICOTÉ CETTE ÉCHARPE...
...ET ÇA, C'EST POUR TOI !
JOYEUX NOËL, MON JULIEN !
OH ! UN LAGUIOLE !
MERCI, ANGÈLE.
MAIS MON VÉRITABLE CADEAU DE NOËL, ELLE LE PORTAIT AUTOUR DU COU !
FRANCHEMENT, JE SUIS GÊNÉ... PARCE QUE MOI, JE N'AI RIEN À T'OFFRIR.
VEUX-TU TE TAIRE !
ALLEZ, VIENS MANGER.
JE SAIS, MAGINOT, TU PENSES QUE JE SUIS UN VRAI GOUJAT, HEIN ?... C'EST POSSIBLE... SEULEMENT, SI JE LUI AVAIS DONNÉ LA SIMCA 5, JE NE POUVAIS PLUS L'OFFRIR À CÉCILE...
HÉ OUI, MON PETIT POTE ! PARCE QU'IL Y A DU NOUVEAU, FIGURE-TOI...
TU TE SOUVIENS DE L'ÉCHARPE ?
DEVINE POUR QUI ELLE L'A TRICOTÉE ?

LE LENDEMAIN, JE RESTE, FOUDROYÉ DERRIÈRE MES PERSIENNES...
OH! NON!
PAUL VIENT CHERCHER CÉCILE DANS UNE VRAIE SIMCA 5 !
L'ANNÉE S'ACHÈVE AVEC UN TEMPS DE SAISON. LE RÉVEILLON DE LA SAINT-SYLVESTRE A LIEU CHEZ ANGÈLE, POUR CHANGER.
ANGÈLE...
IL FAUT L'EMMENER À VILLEFRANCHE.
JE M'EN CHARGE.

AH, LES SALAUDS!
ON NOUS A BALANCÉS!
JE COMPRENDS MIEUX QU'IL AIT ÉTÉ LIBÉRÉ! IL MARCHE AVEC LA MILICE, CE FUMIER DE PAUL!
ET ILS LUI ONT FAIT MAL, CES SALOPARDS! ELLE N'ARRIVAIT PAS À MARCHER...
ET QU'EST-CE QUE JE FAIS, MOI, MAINTENANT?
SI JE RENTRE AU PIGEONNIER, JE RISQUE DE ME FAIRE PIQUER...
ILS Y SONT DÉJÀ, SI ÇA SE TROUVE!
...ET ANGÈLE ENTRE LES PATTES DE LA MILICE...
MERDE! MERDE! MERDE!
...OU ALORS JE VAIS ME DÉNONCER...
AU MOINS, ILS FOUTRAIENT LA PAIX À ANGÈLE!...
C'EST PAS SÛR NON PLUS!
...ENCORE UNE VOITURE!
C'EST LA BAGNOLE DE PAUL!

CÉCILE!...OH! NON! ELLE N'EST PAS DE MÈCHE AVEC EUX!?...
J'EN AI POUR UNE SECONDE. JE FAIS SORTIR LE CHIEN ET JE FERME LA MAISON.
ATTENTION À NE PAS TE FAIRE MORDRE!
MAIS NON! TU ME RECONNAIS, HEIN, PÉPÈRE? DOUCEMENT!... NE ME FAIS PAS TOMBER. JE N'AI PAS ENVIE DE ME CASSER UNE JAMBE COMME TA MAÎTRESSE!
?
TU VAS DORMIR DANS LA GRANGE PENDANT QUELQUE TEMPS, MON PÉPÈRE...
MAIS JE VIENDRAI TE FAIRE DES PAPOUILLES ET PORTER TA GAMELLE TOUS LES JOURS.
ÇA NE VA PAS ÊTRE DE LA CRÈME POUR ALLER À L'HÔPITAL AVEC CETTE NEIGE...
IL VA S'AMUSER, SERGE! J'Y SERAIS BIEN ALLÉ À SA PLACE, MAIS J'AI ENCORE UN MALADE À VOIR.
ELLE N'A PAS EU DE CHANCE, CETTE PAUVRE ANGÈLE... LA PREMIÈRE PLAQUE DE VERGLAS, C'ÉTAIT LA BONNE! JE L'AI TROUVÉE LÀ, TIENS!...
ATTENTION! NE TE SENS PAS OBLIGÉE DE L'IMITER!
...ET HEUREUSEMENT QUE JE SUIS VENU LUI DONNER DES FEUILLES DE TISANE, SINON ELLE PASSAIT LA NUIT LES FESSES DANS LA NEIGE.
...À PROPOS, T'ES SÛRE QUE TU NE VIENS PAS FÊTER LA NOUVELLE ANNÉE À LA MAISON?
C'EST GENTIL, PAUL, MAIS JE NE VEUX PAS LAISSER MA GRAND-MÈRE TOUTE SEULE.
ET PUIS LES RÉVEILLONS, ÇA ME FICHE LE CAFARD.

SACRÉE ANGÈLE! C'EST PAS DIEU POSSIBLE... ET MOI QUI L'IMAGINAIS DÉJÀ TORTURÉE PAR LA MILICE!...
DANS UNE HEURE, ELLE SERA DANS DES DRAPS FRAIS À SOURIRE AUX PLAISANTERIES DE L'INTERNE DE GARDE.
MAIS ÇA NE L'EMPÊCHERA PAS DE SE FAIRE UN SANG D'ENCRE!... PARCE QUE C'EST BIEN GENTIL, MAIS QU'EST-CE QUE JE DEVIENS DANS TOUT ÇA?
PÉPÈRE, LUI, ÇA VA... IL A CÉCILE POUR LES PAPOUILLES ET LA GAMELLE...
UNE AUTRE BONNE NOUVELLE M'ATTEND... LE VENT AVAIT FORMÉ UNE CONGÈRE INTERDISANT L'ACCÈS AU PIGEONNIER.
DÉCIDÉMENT, C'EST LE BOUQUET!... ET COMMENT JE FAIS POUR RENTRER, MOI, MAINTENANT?
SI JE DÉGAGE LE SOUPIRAIL...
...AVEC UNE PELLE, ON VA SE DEMANDER QUI A FAIT CE TROU. DE TOUTE FAÇON, JE N'AI PAS DE PELLE!
BON, SI JE RESTE LÀ, JE VAIS ME FAIRE REPÉRER. LES PREMIERS INVITÉS ARRIVENT DÉJÀ AUX "TILLEULS"!
EN VOYANT LE CURÉ ENTRER CHEZ FERNAND, J'AI L'IDÉE DE M'ABRITER DANS L'ÉGLISE. MAIS JE ME DEMANDE S'IL N'Y FAIT PAS PLUS FROID QU'À L'EXTÉRIEUR!
AH! JE SUIS DANS DE BEAUX DRAPS!
RETOURNER CHEZ ANGÈLE, CE N'EST PAS LA PEINE D'Y PENSER, LA MAISON EST BOUCLÉE!
... UNE JAMBE CASSÉE! AH! C'ÉTAIT BIEN LE MOMENT!
...ET ELLE N'EST PAS PRÈS DE SORTIR DE L'HÔPITAL!... JE NE VAIS PAS MANGER LA GAMELLE DE PÉPÈRE EN ATTENDANT SON RETOUR, QUAND MÊME...

APRÈS DEUX HEURES DE RÉFLEXION, MA DÉCISION EST PRISE.
BON, FOUTU POUR FOUTU...
...JE VAIS CHEZ CÉCILE!
JE LUI EXPLIQUE TOUT ET ON VERRA BIEN...
QUITTE À METTRE QUELQU'UN DANS LA CONFIDENCE, AUTANT QUE CE SOIT ELLE...
DE TOUTE FAÇON, JE N'AI PLUS LE CHOIX...
ALLEZ, COURAGE, JULIEN! DIRECTION: LE MAS DE TRINTI.
POURVU QU'ELLE SOIT LÀ...
J'ESPÈRE QU'ELLE N'A PAS CHANGÉ D'AVIS...
...QU'ELLE N'EST PAS EN TRAIN DE GUINCHER AUX "TILLEULS" DANS LES BRAS DE PAUL!...
NON, ELLE N'AURAIT PAS LAISSÉ SA GRAND-MÈRE TOUTE SEULE...
C'EST PAS SÛR! JE NE VOIS PAS DE LUMIÈRE...
OH! NON!

LA JOURNÉE NE M'AVAIT RIEN ÉPARGNÉ, MAIS LÀ, C'EST LE COUP DE GRÂCE...
JE DEVINE, SOUS UNE ÉPAISSE COUCHE DE NEIGE, LES COURBES AMOLLIES DE LA VOITURE DE PAUL.
IL EST ENCORE LÀ, CE SALAUD !
C'EST PAS POSSIBLE... CETTE FOIS, C'EST SÛR, ELLE COUCHE AVEC LUI !
MES JAMBES FLAGEOLENT. JE RESTE POURTANT CINQ MINUTES, LA TÊTE BOURDONNANTE, LES BRAS BALLANTS, DEVANT LES FENÊTRES NOIRES DE LA BÂTISSE. JE NE SENS MÊME PLUS LE FROID.
JE N'AI PLUS LE COURAGE DE REBROUSSER CHEMIN. POUR ALLER OÙ, DE TOUTE MANIÈRE ?
JE TRAVERSE LA COUR COMME UN AUTOMATE POUR ME RÉFUGIER DANS LA GRANGE...
LA NEIGE A CESSÉ DE TOMBER. DANS LA NUIT, LE CLOCHER DE CAMBEYRAC ÉGRÈNE LES DOUZE COUPS.
DÉCIDÉMENT, ELLE COMMENCE BIEN CETTE ANNÉE 44 !

FIN DU TOME 1.